Peter Lechler
Wo der Wahnsinn wohnt

Peter Lechler

Wo der Wahnsinn wohnt

KnechtVerlag

Der Autor

Peter Lechler, Jahrzehnte lang als Diplom-Psychologe und Psychotherapeut tätig, hat sich im vorliegenden Werk auf neues Terrain gewagt. Von Kollegen dazu verführt, legt er nun einen Psychiatrie-Krimi vor, der im Wohnmilieu psychisch kranker Menschen spielt.

Zuvor hat der Autor drei autobiografisch akzentuierte Werke veröffentlicht: Nach dem Tod seiner Frau *Auf den Schwingen der Eule. Denn Liebe ist stark wie der Tod*, 2008 erschienen. Was auf dem Weg zu neuen Ufern mit ihm geschah, ist Thema seines zweiten Werks *Alpentouren, Löwenspuren, auf der Fährte der Liebe*, 2011. Sein drittes Buch *Im Alltag und auf Reise, mal heiter und mal scheiße. Stories to go*, 2015, enthält Geschichten, einen bunten Strauß aus Alltag, Beruf und Reiselust. Nicht zuletzt schreibt der Autor Gedichte, ein Gutteil davon im Band *Abendsegel*, 2015, zu lesen.

Umschlaggestaltung: Anette Marquardt, Andreas Kuppetz

1. Auflage 2016
ISBN 978-3-939427-33-9

Vorschuss

Eine Geschichte zu erzählen, die in der Anonymität einer fernen Großstadt spielt, ist harmlos. So ungefähr begann im Jahr 1936 Friedrich Glauser am Anfang des modernen Kriminalromans sein Werk *Matto regiert.* Seine Story in Bern, gar in einer Heil- und Pflegeanstalt – psychiatrische Kliniken hießen damals so –, spielen zu lassen, obwohl es im Kanton Bern nur drei davon gab, erschien ihm brandgefährlich.

So ähnlich geht es dem Autor des Krimis *Wo der Wahnsinn wohnt,* der in Mannheim spielt, genauer im Milieu von sozialpsychiatrischen Häusern, traditionell Heime genannt. Acht an der Zahl, in der Szene wohlbekannt, sind dort zur Zeit in Betrieb. Sein *Tolles Haus* ist keines davon und die Akteure sind fiktiv, wenngleich sich dem Kenner unschwer erschließt, dass Eindrücke aus dem Berufsleben des Autors dabei Pate standen.

Vor 80 Jahren schloss Glauser sein Vorwort mit vorauseilender Verteidigung gegenüber Zeitgenossen, die sein Werk mit einem Spiegel verwechseln könnten. Der Autor des Krimis von heute hält sich das Argument Glausers gleichfalls zugute: „Eine Geschichte muss irgendwo spielen. Die meine spielt im Kanton Bern, in einer Irrenanstalt. Was weiter? ... Man wird wohl noch Geschichten erzählen dürfen?“

Ein ganz normaler Tag für die psychisch kranken Menschen im *Tollen Haus* nahm seinen Lauf. Wie üblich mussten einige von ihnen, oft die jüngeren Männer, vom Personal zum Frühstück geweckt werden, dass sie für den Vormittag heißen Kaffee und etwas Festes im Bauch hatten, bevor sie sich eine Zigarette drehten und auf der Terrasse vor dem Speiseraum den Rauch in sich reinzogen. Danach würde das Tagesprogramm für die chronisch Kranken starten, denen das Haus Heimat geworden war, in der Regel Beschäftigungstherapie, für die fitteren Leute, die sogenannten Rehabilitanden, Arbeitstherapie und Belastungserprobung, die mehr Anforderungen stellten und auf Berufspraktika in Mannheimer Firmen vorbereiten halfen, waren sie doch auf der Suche nach ihrem Platz im Erwerbsleben der Gesellschaft.

Etwas war heute anders als sonst. Der Geschäftsführer des Hauses, Helmut Bosch, der eigentlich in der Vereinszentrale residierte, hatte sich unter die psychisch Erkranken gemischt, frühstückte fast unauffällig mit, wobei er wie eine Insel im Meer, kritisch betrachtet wie ein Fremdkörper wirkte. Er selbst verstand seine Präsenz als teilnehmende Beobachtung – eine sozialwissenschaftliche Methode, wie er sich zugute hielt –, schließlich musste er wissen, was an der Basis so vor sich ging, seitdem er die Geschäfte übernommen hatte. Da kämen eigene Eindrücke gerade recht. Auch glaubte der Boss, wie ihn das Haus-Team aus einem Mix von Respekt, Angst und Antipathie nannte, ihnen auf die Finger schauen zu müssen, seinem Chef, Leiter Kurt Leidner, nicht minder.

Das alteingesessene Personal gab sich zwar kompetent

und wusste meist, eigentlich immer, was das Beste für die Betreuten war. Für ihn jedoch hatte es sich das Personal im Job bequem gemacht und war dem Fortschritt gegenüber, den er zu verkörpern glaubte, zugeknöpft, versteckte sich gar hinter Teamgeist und dem Glanz der Erfahrung. Brennende Fragen diskutierten die Mitarbeiter umständlich hin und her, besonders seine Ideen, ohne zügig zum Schluss zu kommen. Die würde er denen schon um die Ohren schlagen, da würde kein Stein mehr auf dem anderen bleiben. Der biblische Satz ließ ihm seine Mission noch gewichtiger erscheinen, zudem passte er wie die Faust aufs Auge, war der Boss doch von Hause aus Theologe. Dass das Bild mit der Faust genau das Gegenteil meinte, scherte ihn einen Dreck, so bissig war er gestimmt. Sein Personal würde bald das Sprichwort „Neue Besen kehren gut“ zu spüren bekommen, darauf könnte es Gift nehmen.

Nicht nur, dass der Geschäftsführer dem Frühstück beiwohnte, er ging an diesem Tag auch noch in die Beschäftigungstherapie mit, kurz BT genannt, und tat interessiert. Insgeheim aber resümierte er die Gründe für seinen jüngst getroffenen Entschluss, die BT mit ihrer unnützen Bastelei aufzulösen. Die kostete das Haus nur Geld. Bald sollten die chronisch Kranken, meist auch seelisch behindert, täglich das Haus verlassen und in drei ausgesuchten Firmen einfache Arbeiten ausführen – die Kooperationsverträge waren schon unter Dach und Fach –, also produktiver Tätigkeit nachgehen, die zudem etwas abwarf, wenn auch nicht viel. Zudem würde ihr Alltag so normaler, das arbeitende Volk ging eben zum Gelderwerb außer Haus. Den Trend computergestützter Heimarbeit wertete er als letzten Schrei, der schon bald wieder verklungen wäre. Der Trägheit des Teams, ein paar davon echte Jammerlappen, würde er schon Beine machen. Die von ihm geplante Umstrukturierung würde gar noch Betreuungs-Kapazität einsparen und damit zum finanziellen Ziel des Hauses beitragen: Pro Jahr sollte es den erheblichen Überschuss von 100 000 Euro erwirtschaften, wie der Vereins-Vorstand festgesetzt hatte. An der Summe bereicherte sich natürlich niemand, der Gewinn würde vielmehr an anderer Stelle des vielseitigen Vereins investiert werden, um damit seine Stärke zu zeigen.

Eigentlich war das schon überzeugend genug, so dass er keine weiteren Argumente brauchte, um seine Untergebenen vom Sinn der ins Haus stehenden Neuerung zu überzeugen. Am Nachmittag in der Montags-Teamsitzung würde er die Marschrichtung mit Terminplan vorgeben. Dass die Mitarbeiter moserten, war ihm klar, die wollten sich nichts diktieren lassen, wollten bei allem mitmischen und verfielen doch ohne seine Führung nur dem gewohnten Trott. Gewiss würde sich der Hausleiter auf ihre Seite schlagen, aber der war für ihn ein Weichei und würde nicht wirklich Widerstand leisten wie der alte, seit einem Jahr in Rente, der immer und immer wieder quer geschossen hatte.

Über der verdeckten Vorbereitung seiner Rede war nun schon eine halbe Stunde vergangen, als ein BT-Teilnehmer im Begriff war, den Raum zu verlassen. Herr Bosch sprang auf und pfiff ihn zurück: „Wo wollen Sie hin?"

„Mir ist nicht gut, ich geh' auf mein Zimmer."

BT-Gruppenleiter Sattler, der alle Teilnehmer im Blick hatte, unterbrach die Einweisung von Herrn Fröhlich, der gerade das Korbflechten erlernte, und ging auf Klaus Brenner ein. Er wusste, dass den immer wieder Ängste plagten.

„Gehen Sie nur, Herr Brenner, aber zuerst bitte ins Schwesternzimmer und sagen Sie dort Bescheid. Frau Pillinger kann Ihnen bestimmt ein Bedarfsmedikament geben."

„Jetzt reißen Sie sich zusammen", nahm der Geschäftsführer dem Gruppenleiter die Zügel aus der Hand. Herr Brenner begann sofort, auf der Stelle zu dribbeln, er wußte nicht mehr hü oder hott.

Frank Sattler rollte mit den Augen. Der Boss schien keine Ahnung zu haben, dass er den Kranken in ein böses Dilemma gebracht hatte. Was der auch täte, es wäre immer falsch: Würde er auf sein Zimmer gehen, wäre der oberste Chef brüskiert, würde er bleiben, würde er die Autorität des Gruppenleiters untergraben, eine echte Zwickmühle, die eine darin gebannte Person in größte Aufregung versetzt, vielleicht sogar Symptome einer Schizophrenie bewirkt. Eine Häufung solcher paradoxen Situationen trug nach der Psycho-Theorie *Double-Bind* gar zur Entstehung von Schizophrenie bei, wenngleich das nicht bewiesen war. Wie auch immer, dachte Frank Sattler, ein Psychiatrie-Profi sollte Verhalten dieser Art tunlichst unterlassen.

Das Dribbeln des Kranken musste auch Herrn Bosch aufgefallen sein. Fast versöhnlich fragte er nach: „Was haben Sie denn konkret?"

„Mir geht's nicht so gut!"

„Geht's etwas genauer?"

Nach kurzer Pause: „Ich werd' so komisch angeschaut, kann mich nicht mehr konzentrieren. Ich brauch' meine Ruhe."

„Niemand hier schaut Sie komisch an, das müssen Sie nicht denken, machen Sie einfach weiter!"

Mit missbilligendem Blick auf Herrn Bosch blieb der Gruppenleiter bei seiner Strategie: „Ich ruf' im Pflegezimmer an und informiere Susanne Pillinger, die wird ihm unter die Arme greifen."

„Herr Brenner bleibt jetzt hier", verfügte der Boss, „das gibt sich."

Der Bewohner jedoch wurde immer unruhiger und fing sogar zu zittern an. Nun wurde es dem Gruppenleiter zu bunt. Er griff zum Hörer und rief Susanne an: „Kannst du bitte mal kurz in die BT kommen und dich um Klaus Brenner kümmern, der zeigt Symptome."

„O.k., bin gleich da."

Herr Bosch lief rot an, riskierte aber keinen Eklat. Auf seiner Stirn stand geschrieben: DAS WIRD EIN NACHSPIEL GEBEN! Doch bevor die Mitarbeiter das Problem auf ihre Weise lösten, machte er sich wegen dringender Termine aus dem Staub. Er hatte sich eindeutig zu weit aus dem Fenster gelehnt und schien nicht auch noch unter Zeugen runter fallen zu wollen.

Wenig später betrat Krankenschwester Susanne den BT-Raum mit einem Medikament, das Herr Brenners Psychiater ihm als Bedarf im Notfall verschrieben hatte. Das würde helfen, seine Anspannung zu lösen. Nun durfte er sich in sein Zimmer zurückziehen, zum Mittagessen sollte er wieder erscheinen. Wenn nicht, würde sie nach ihm sehen, ob sich die Symptome verschlimmert hätten. Beim Beratungsarzt des Hauses, der jede Woche vor der Montags-Teamsitzung zur Fallbesprechung kam, würde sie die Sache ansprechen. Ginge es Klaus Brenner nicht besser, wäre ein Besuch in der Praxis seines Psychiaters angesagt, notfalls müsste er in die psychiatrische Klinik – in Mannheim das Zentralinstitut für seelische Gesundheit, kurz ZI – zur Akutbehandlung. Am besten wäre es natürlich, wenn man die Klapse, wie es im Volksmund salopp bis abfällig hieß, vermeiden könnte. Für die Betroffenen markierte sie eine neue Krankheits-Episode und hinterließ bei aller Hilfe oft auch seelische Narben.

Klaus Brenner kam nicht zum Mittagessen. Frau Pillinger fand ihn auf seinem Zimmer in erregtem Zustand vor. Er klagte, dass Herr Bosch ihn schon beim Frühstück beobachtet und dann auch noch in die BT verfolgt hätte. Der Psychiatrie-Schwester war klar, dass sich Klaus' Welt verrückt hatte. Er jedoch fand sie völlig real und geriet dadurch in panische Angst, in einen Kopf-Krimi sozusagen. Die Blicke des Geschäftsführers, die ein gesunder Mensch als zufällig oder als Ausdruck von Beachtung verstanden hätte, waren für ihn ein untrügliches Zeichen, dass der etwas gegen ihn im Schilde führte. Menschen mit paranoid-halluzinatorischer Schizophrenie erleben so etwas häufig. Auf Herrn Brenner musste sie unbedingt Acht geben.

In der Fallbesprechung hörte sich Dr. Lichter ihren Bericht sowie auch Frank Sattlers Eindrücke an. Sein Nachhaken ergab, dass Hauswirtschafterin Klein Herrn Brenner schon seit ein paar Tagen zunehmend unruhiger fand. Beim Essen-Schöpfen schien er misstrauisch und irgendwie neben der Spur, Anzeichen für eine Krise. Also wurde er von Siggi Gschwindt, seiner Betreuerin, zur Praxis des behandelnden Psychiaters begleitet. Unterwegs schaute er sich mehrfach ängstlich um, fühlte sich sichtbar verfolgt, es war höchste Zeit! Zum Glück mussten sie in der vollen Praxis nicht zu lange warten, er zappelte auf seinem Stuhl herum und erschrak bei jedem neuen Patienten, der ins Wartezimmer kam. Dr. Winter kannte das Haus und wusste, wann wirklich Not am Mann war. Die Idee von Dr. Lichter aufnehmend, erhöhte er das Medikament Leponex um 100 Milligramm und bat um Rückmeldung, wie es „anschlagen" würde.

Als Siggi mit Herrn Brenner zurück war, den Eintrag in die Dokumentation gemacht hatte und dann zur Besprechung kam, war die Team-Sitzung mit dem Boss schon in vollem Gang. Krankenpfleger Fred argumentierte gerade gegen dessen Plan, die BT aufzulösen und ihre Teilnehmer tagsüber in drei ausgesuchten Firmen unterzubringen.

„Für die Belastbaren finde ich das gar nicht schlecht, aber die Schwächeren schaffen das nicht. Was ist, wenn's mal jemand schlecht geht und der sich zurückziehen möchte? Da fehlt doch das eigene Zimmer, psychiatrische Pflege und notfalls der behandelnde Arzt. Da müssten in den Firmen ein Ruheraum für Krisenleute sein wie auch Betreuer, die eine Vorstellung beim Psychiater, notfalls in der Klinik arrangieren könnten, bei der weiter abgelegenen Firma ein Dienstwagen inklusive."

„Sie müssen nicht immer den Teufel an die Wand malen!"

„Doch, genau das muss ich als Krankenpfleger", widersprach Fred. „Ein Notfall-Plan muss vorhanden sein. Auch unser Qualitätsmanagement schreibt den vor. Das ist doch alles nicht zu Ende gedacht!"

Der Boss schoss zurück: „Dass Sie an alten Zöpfen hängen, hätte ich mir denken können. Was Ihnen fehlt, ist Sinn für Innovation. Ich schneide die Zöpfe ab, und Sie werden sehen, dass es geht. Sonst noch Fragen?"

Nun begriff auch der Letzte, dass die Auflösung der BT kein Konzept war, auf das man Einfluss nehmen konnte, vielmehr beschlossene Sache, der sich das Team zu fügen hatte. Herrn Boschs Frage war im Grunde rhetorischer Art.

Die Diskussion abgewürgt, wurde die Stimmung eisig.

Einige schüttelten nur den Kopf, andere schäumten vor Wut. Dass ihre Kompetenz so gering geschätzt wurde, hatte es beim alten Chef nicht gegeben. Da wurde eine Sache ausdiskutiert und meist auch ein Konsens gefunden, den alle mittrugen im Gefühl, wichtig zu sein. Seit einiger Zeit aber wehte ein anderer Wind. Die Gesichter in der Runde zeigten, dass sie den zum Kotzen fanden. Kurt Leidner, eigentlich Chef des Hauses, hatte sich erst gar nicht zu Wort gemeldet, was hätte es auch genützt!

„Im Übrigen", setzte der Boss noch einen drauf, den Vorfall in der BT am Morgen im Visier, „verbitte ich mir öffentliche Widerrede. Sie sind gewarnt Herr Sattler, das nächste Mal setzt es eine Abmahnung!"

Der platzte fast vor Wut. Nicht nur, dass sich der Klugscheißer ohne Sinn und Verstand in seine Arbeit eingemischt hatte, jetzt wurde ihm gar noch ein Maulkorb verpasst und er disziplinarisch bedroht. ‚So ein blöder Arsch, wenn ich den zu fassen kriege, dann passiert was', hämmerte es in seinem Kopf.

Gedemütigt und verbittert gingen sie aus einer Konferenz, die den Namen nicht verdiente. Wie lebendig waren doch die Sitzungen mit ihrem alten Helfinger gewesen. Auch der konnte schon mal aufbrausen oder auch unwirsch sein, behielt aber meist das Team-Gemüt im Blick. Wenn der zum Ende seiner Zeit als Chef mehr und mehr umsetzen musste, was ihm wie ihnen gegen den Strich ging, dann benannte er stets Ross und Reiter, war einer von ihnen, dem unter dem machtgeilen Boss die verbalen Waffen stumpf geworden waren.

Kurt Leidner erwachte Dienstag früh aus Träumen, gerädert, aber auch irgendwie befreit. Sein „Nachtprogramm" hatte einen Thriller gebracht. Wieder mal auf Urlaub an der Nordsee, die ihn schon oft angezogen hatte, stieg er in einem alten Leuchtturm die Wendeltreppe empor, sich fortwährend um die eigene Achse drehend, bis ihm ganz schwindlig war. Oben angekommen, trat er auf eine Plattform hinaus, der auch noch das Geländer fehlte: Weit der Blick auf Dünen und Meer, hie und da ein Bauernhof, ein paar Pferde, Schafe, Möwen im Wind. Sein Hirn aber flog im Kopf herum, prallte gegen die Schädelwand, mal hier, mal da, ihm wurde speiübel, die nackte Angst packte ihn. Da passierte es. Er strauchelte und stürzte von der Spitze des Turms in die Tiefe, die ihm den Atem nahm. ‚Das war's', dachte er noch im Fallen, aus, vorbei! Plötzlich spürte er, wie etwas seinen Fall bremste. Ein Urvogel mit riesigen Flügeln kreuzte unter ihm und ließ ihn auf Federn weich, geradezu sanft landen. Auf seinen Schwingen wurde er zu einer mit Gras bewachsenen Anhöhe getragen, wo er von dem Vogel hinabglitt und – Gott sei Dank – wieder festen Boden unter den Füßen hatte. Gerettet! Der Vogel, ein selten großer Albatros, erhob sich mit der nächsten Böe in die Luft und verschwand so schnell, wie er erschienen war.

Kurt rieb sich die Augen. Das Traumgebilde war verflogen, ohne seine Spur zu verwischen. Wie gebannt lag er im Bett und sinnierte. Auf einmal konnte er die nächtliche Bilderschrift lesen: Weit hatte er es gebracht, war Chef eines großen und angesehenen Hauses für psychisch kranke Menschen geworden. Dort oben aber war er gefangen, sein Radius so klein wie die Plattform des Leuchtturms, dazu gefährlich, wenn er darüber hinaus strebte. Wie oft schon hatte er aus Anpassungsdruck seiner Überzeugung zuwider gehandelt. Auf die Dauer würde das nicht gut gehen. Der Traum zeigte ihm, was geschehen würde. Mit sich uneins, war sein Absturz unvermeidlich. Doch sein Fall führte nicht ins Verderben, im Gegenteil, ein tiefes Glücksgefühl durchströmte ihn. Jetzt würde er das tun, wozu es ihn schon länger drängte: seinen Pseudo-Chef-Posten kündigen und sich auf den Weg machen. Von ungeahnter Kraft durchdrungen, würde ihm ein Neuanfang gelingen. Solch Zuversicht tat gut!

Nach kleinem, schnellem Frühstück – das hätte ihm seine Frau nicht durchgehen lassen, die immer um sein leibliches Wohl besorgt war, aber seit gestern auf Mallorca mit ihrer Frauengruppe weilte – war Kurt wie üblich einer der ersten im *Tollen Haus*. Erstens gehörte sich das für einen Chef, fand er, und zweitens konnte er sich in seinem Büro ungestört auf den Tag vorbereiten. Im Haus selbst war zu solch früher Stunde noch nichts los und Anrufe kamen erst nach acht rein. Er ahnte nicht, dass in Kürze ein zweiter, aber realer Thriller seinen Lauf nehmen würde, gewissermaßen vor seiner Türe.

Mit Kurt gehörte auch Günther Keller, der Hausmeister, zu den ersten Mitarbeitern im Dienst. „Der frühe Vogel fängt den Wurm.“, pflegte er zu sagen. Beim morgendlichen Gang durch Haus und Hof blieb er plötzlich wie angewurzelt stehen. Er traute seinen Augen nicht, träumte er? Hinter dem Seitentrakt schwebte ein Mensch scheinbar schwerelos im Garten. Auf den zweiten Blick bemerkte er, dass der Körper von Eisenstäben aufgespießt war. Zaghaft näherte er sich dem Horror-Ort. Das Gras um den Leichnam war blutgetränkt, die rostigen Stäbe verschmiert. Eine Spitze hatte den Hals durchbohrt und ragte dunkelrot heraus, drei weitere waren in den Leib gedrungen, eine fünfte ins linke Bein, das rechte hing leblos herunter, wie auch die Arme. Dem Hausmeister lief es eiskalt über den Rücken, obwohl er als Rettungssanitäter, ein ihm wichtiges Ehrenamt, einiges gewohnt war. Spontan kam ihm der Suizid eines Bewohners in den Sinn, was leider hin und wieder passierte, wenn ein des Lebens müder chronisch Kranker oder von Hirngespinsten Gequälter seinem Dasein ein Ende setzte. Nein, wer würde, wer könnte sich selbst so zu Tode bringen? Es erinnerte ihn vielmehr an eine Pfählung, wie sie im Mittelalter vorkam, Ausdruck sadistischen Terrors. Als er sich aufraffte, das Opfer zu identifizieren, folgte ein zweiter, nicht minder starker Schock: Er blickte in ein verzerrtes Gesicht, das ihn mit leeren Augen anstarrte – es war der Geschäftsführer des Hauses, Herr Bosch, höchst persönlich!

Reflexhaft zückte er sein Handy und stotterte seinem Chef den Schrecken ins Ohr. Dann holte er tief Luft, um auf dessen Geheiß die Polizei zu rufen, die schon fünfzehn Minuten später vor dem Eingang erschien und von Herrn Leidner selbst empfangen, besser abgefangen wurde. Der war zuallererst um seine kranken Bewohner und Bewohnerinnen besorgt, die seiner Erfahrung nach von einem Todesfall im Haus zutiefst erschüttert wurden. Umgehend hatte er das Tor zum Garten verschlossen, wie auch die Türe zum hinteren Gebäudetrakt, niemand sollte zufällig Zeuge dieses Grauens werden. Vielleicht wollte er auch die Zerstörung von Spuren verhindern, als Krimi-Leser war er jedenfalls mit solchen Vorsichtsmaßnahmen vertraut. Wenn man es sich recht überlegte, reagierte Kurt Leidner umsichtig und nach Lage der Dinge erstaunlich cool, als ob er so ein Szenario schon einmal gedanklich durchgespielt hätte, nur seine Hände zitterten, als er den beiden Polizisten das Gartentor aufschloss. Der grässliche Tod des Geschäftsführers ließ ihn doch nicht so kalt. „Ach, du Scheiße!“, entfuhr es einem Beamten beim Anblick des Gepfählten, während der andere sofort zum Handy griff und Kommissar Kautz von der Kripo informierte.

Wie gebannt starrten alle drei nun auf die Szene im Morgenlicht. Die Spitzen der Eisenstäbe, wie sie neuerdings zur Gartendekoration verwendet werden, ragten aus dem blutverschmierten Körper. Bunte Tonkugeln in ihrer Mitte hatten wohl den fallenden Leib abgebremst, eine Kugel war vom Aufprall geborsten, die Einzelteile im Gras verstreut. Nach langer Schrecksekunde blickten Kurt Leidner und die Polizisten wie auf ein inneres Kommando am Haus hoch und sahen, dass das hölzerne Balkongeländer des Obergeschosses zerborsten war. Herr Bosch musste es – warum auch immer – mit Wucht durchbrochen haben und war dann herabgestürzt.

Der Chef wollte nur noch weg: „Ich muss mich jetzt um die Bewohner kümmern und sie über den Tod des Geschäftsführers informieren. Der eine oder andere wird Beistand brauchen. Sobald ich kann, werde ich wieder zur Stelle sein. Wenn der Kommissar eintrifft, lass ich ihn sofort zu Ihnen nach hinten schicken."

Als Erstes trommelte er das anwesende Personal zusammen, Frühdienst Jan Hiller, zwei Mitarbeiter vom Tagdienst, Susanne Pillinger und Frank Sattler.

„Herr Bosch ist tot!"

Außer Jan, dem neuen Mitarbeiter, zeigte niemand Anzeichen besonderer Betroffenheit.

„Er muss vom Balkon des Anbaus auf die Deko-Eisenstäbe herab gestürzt sein, dabei wurde er mehrfach durchbohrt ... der schiere Wahnsinn!" Jähes Entsetzen bei den Versammelten! Bevor Kurt weiter reden konnte, schluckte er mehrmals.

„Ein grässliches Ende, obwohl ich dem Boss, wie ihr wisst, schon oft die Pest an den Hals gewünscht hab ...",

Kurt biss sich auf die Lippen, dann fuhr er fort. „In Kürze wird der Kommissar mit der Spurensicherung eintreffen, um den werd' ich mich kümmern. Erst aber müssen wir unseren Kranken den Tod von Herrn Bosch beibringen. Ich sage ihnen, dass er vom Balkon gestürzt ist, Genaueres wissen wir ja noch nicht. Die Art, wie er zu Tode kam, erwähn' ich besser nicht. Passt bitte auf, wer heftig reagiert, um den müssen wir uns besonders kümmern. Sprecht mit ihnen, versucht, sie zu beruhigen, wenn nötig müssen wir mit Bedarfsmedikamenten nachhelfen."

Frank schien aus einem Albtraum erwacht: „Verdammt, erst gestern krachte es zwischen dem Boss und mir!" Sein Aufschrei machte deutlich, dass die Kollegen die eigene Betroffenheit zulassen und ihre Gefühle sortieren mussten. Kurt gab dem Raum.

Susanne atmete schwer: „Im Montags-Team war der Boss mal wieder arrogant und gemein, es war zum Davonlaufen ... aber ein solcher Tod!"

Jan, als Neuer nicht von Flashbacks an bessere Zeiten verwöhnt, vielmehr von Herrn Boschs Power-Stil angetan, war aschfahl im Gesicht: „Das ist ja krass, der Top-Gun des Hauses, vernichtet!"

Da es Kurt Leidner nun doch zu drängen schien, kürzte er die Selbstklärung des Teams ab: „Wir müssen das alles noch verarbeiten. Meine Gefühle sind wie gelähmt ... Jetzt sollten wir aber die Bewohner zusammenrufen, dass sie aus erster Hand informiert werden, bevor die Gerüchteküche kocht und sich Angst verbreitet. Einige sind bestimmt noch beim Frühstück, andere auf ihren Zimmern. Holt bitte alle in den Speiseraum."

Als wenig später der Kommissar im *Tollen Haus* eintraf, wurde er vom Hausmeister, der an der Pforte auf ihn gewartet hatte, sofort zum Chef geführt. Der sah die beiden kommen, entschuldigte sich bei versammelter Mannschaft und ging dem Kommissar entgegen.

„Kautz, Kripo Mannheim, wir kennen uns ja schon."

„Ja, ja", – Kurt Leidner fiel der tragische Suizid eines Bewohners ein, bei dem er Herrn Kautz zum ersten Mal begegnet war – „schlimme Geschichte." Im Schatten von gestern ging es zum Ort des aktuellen Falls. Der Kommissar nickte den beiden Polizisten zu, die Haltung annahmen, und sah sich die Leiche ohne ersichtliche Gemütsbewegung nachdenklich an. Seine grauen Augen tasteten alles, Leichnam wie Umfeld, minutiös ab – die Lage des Tatorts, den Anbau, die Blumenrabatte und Wiese, die Häuser der Nachbarschaft – wie eine Filmkamera, die jedes Detail aufzeichnete, bis sein Blick auf den Balkon oberhalb der schmalen Terrasse fiel.

„Führen Sie mich bitte dort hinauf!" Er schien nicht zum Gespräch aufgelegt, so dass sich auch Kurt Leidner zurückhielt. Nur etwas musste er los werden:

„Sie wissen ja, Herr Kautz, das *Tolle Haus* ist für psychisch kranke Menschen da, für chronische wie für fitte, meist jüngere Leute. Allesamt aber sind sie recht sensibel. Sie werden verstehen, dass ich als Leiter bemüht sein muss, die Aufregung für unsere Kranken möglichst gering zu halten", ein dezenter, zugleich deutlicher Hinweis für den Kommissar. Der reagierte nicht. Oben angelangt, war auch schon die Spusi eingetroffen und machte sich gleich ans Werk. Einer der beiden Kriminaler war dem Kommissar gefolgt und untersuchte sorgfältig das Balkongeländer. Herr Kautz schien in Gedanken versunken.

Plötzlich unterbrach der Untersucher die angespannte Stille: „Ein winziges Stück der Oberhaut von schwarzem Leder war an der Bruchstelle des Geländers, Chef", sprach's und hielt ihm den Partikel mit einer Pinzette vor die Nase, „wahrscheinlich von einer Lederjacke. Die Quersprosse unter dem Handlauf ist angebrochen, aber ohne jede Spur." Der penible Typ hatte wirklich den richtigen Job.

„Wer hat eigentlich Zugang zum Balkon?", der Kommissar schien aus einer Trance zu erwachen.

„Eigentlich jeder, im Trakt sind unten ein Fitnessraum mit Umkleideräumen und Toiletten mit Duschen, oben zwei Mitarbeiterbüros, der Konferenzraum und ein Flur mit Zugang zum Balkon. Erst vom Spätdienst werden die öffentlichen Räume gegen 21:30 Uhr zugeschlossen. Herr Bosch hat sich ab und an auf den Balkon gesetzt, wenn er nachdachte. Er mochte den Blick von da oben, auf unseren Garten, die Blumen, die Birken am Rande."

„Was machte Ihr Geschäftsführer eigentlich gestern im Haus?"

„Er beehrte unsere Team-Konferenz und ging dann wieder", antwortete Kurt Leidner, der ironische Unterton unüberhörbar. Einen Moment zögernd, fuhr er fort.

„Dabei gab's ziemlichen Stunk. Herr Bosch kündigte eine gravierende Veränderung des Förderprogramms an, die heftigen Widerstand auslöste ... Ich will auch nicht verschweigen, dass er nicht besonders beliebt war."

„Wie standen Sie eigentlich zu ihm?"

Kurt schluckte. „Privat kannte ich ihn kaum, beruflich mehr als mir lieb war: ein Vorgesetzter, der nur die eigene Meinung gelten ließ. Seiner Spur war zu folgen, am besten sofort und ohne Widerspruch. Mein Spielraum als Leiter war beschissen klein – sorry! Mein Vorgänger hatte noch große Entscheidungs-Freiheit, bevor ihm Herr Bosch vor die Nase gesetzt wurde. Den Vorgänger haben wir gemocht ... die Zeiten sind jedoch vorbei!"

„Was für ein Verhältnis hatte ihr Vorgänger, wie heißt der noch ...?"

„Gerd Helfinger."

„... zu Herrn Bosch?"

„Es war zum Kotzen! – sorry. Ich weiß, dass der Gerd manch schlaflose Nacht gekostet hat. Einmal hörte ich, wie sich die beiden im Chefzimmer anbrüllten. Bei Gerd hatte sich ein Übermaß an Frust und Kränkung angestaut, wie ich weiß – wir sind ja seit langem befreundet. Der hätte ihm an den Hals gehen können." Den Blick des Kommissars bemerkend, „in der Vorstellung, mein' ich, nicht wirklich! Gerd ist inzwischen ein Jahr in Rente. Der war echt happy, als er gehen konnte, schien wie erlöst, für uns Mitarbeiter ein herber Verlust. Man sieht sich zwar noch ab und an, kann dabei auch Dampf ablassen, aber was hilft's?"

„Sie schreiben mir bitte seine Kontaktdaten auf."

„Natürlich."

„Wo waren Sie eigentlich zur Tatzeit?"

„Wie bitte? Woher soll ich denn wissen, wann das passiert ist? Und was ist eigentlich passiert?", das Gesicht von Kurt Leidner wurde puterrot.

„Na, dass Herr Bosch nicht freiwillig über die Brüstung ging und sich wie ein Schaschlik aufspießen ließ, liegt doch auf der Hand!"

Einen Moment lang hatte Kurt die Fassung verloren. „Ich war zuhause, nach dem Zoff mit ihm wollte ich nichts mehr wissen, hab' mich lieber mit einer Flasche Wein unterhalten."

„Trinken Sie öfter so viel?"

„Nein, natürlich nicht!"

„Wer außer der Flasche kann das bezeugen?"

Kurt lachte bitter: „Niemand, meine Frau ist bis Mittwoch mit ihrer Frauengruppe auf Mallorca. Wie gesagt, ich hatte Null-Lust auf Kontakt."

„Ich gehe davon aus, dass Sie in nächster Zeit in Ihrem Haus besonders gebraucht werden. Halten Sie sich bitte dennoch zur Verfügung und bleiben Sie vorerst im Land, ich meine natürlich in der Stadt!"

„Bin ich jetzt etwa verdächtig?"

„Reine Routinefragen, wo wir schon mal zusammen sind, habe ich bei Ihnen begonnen. Nichts für ungut!"

Es tat ihm leid, dass er den netten Leiter so hart angefasst hatte. Bei Menschen, die ihm auf Anhieb sympathisch waren und er das auch zulassen konnte, zeigte er erstmal seine raue Seite, er wollte nicht, dass ihm seine Gefühle den Blick verstellten. Die Besichtigung des Balkons, ab jetzt ein Tatort, war beendet. Auf dem Weg zum Ausgang erkundigte sich der Kommissar bei Herrn Leidner beiläufig nach Herrn Boschs Familienstand und erfuhr, dass der verheiratet, aber kinderlos war. Jaqueline Bosch, Psychologin von Beruf, arbeite in einem Haus für Frauen und Kinder, die seelische oder körperliche Gewalt erlebt hatten und dringend einen Schutzraum brauchten. An der Pforte angelangt, verabschiedete sich der Kommissar vom Hausherrn fast herzlich. Komisch, dachte Kurt Leidner, erst die Peitsche und dann auf Schmusekurs! Aber er musste ja nicht alles verstehen.

Auf dem Weg zum Auto bahnte der Kommissar einen Besuch bei der Frau des Toten an. Er fühlte sich in der

Pflicht, ihr die bittere Nachricht selbst zu überbringen, obwohl das eine Situation war, die er an seinem Beruf hasste. In all den Jahren als Kriminalbeamter hatte er sich daran nicht gewöhnen können. Sein Smartphone verhalf ihm zur Telefonnummer des Frauenhauses, die er sogleich wählte.

„Hallo!"

„Guten Morgen, hier Kautz, Kripo Mannheim. Ist Frau Bosch zu sprechen?"

„Am Telefon, was kann ich für Sie tun?"

„Das möchte ich Ihnen lieber persönlich sagen. Wie finde ich Ihre Arbeitsstelle?"

„Gar nicht, unsere Adresse ist anonym. Das müssten Sie eigentlich wissen, Herr Kommissar. Aber wir können gerne einen Treffpunkt vereinbaren. Ich schlage den Paradeplatz vor, am Grupello-Brunnen. Ich könnte in einer Stunde dort sein, an der Seite gegenüber dem Stadthaus. Passt das?"

„Kann ich einrichten ... Wie Sie mich erkennen? Ich habe Jeans und eine cognac-farbene Lederjacke an, meine Haare schütter, silbergrau!"

„Danke, das hilft. Ihren Kripo-Ausweis haben Sie dabei?"

„Natürlich!"

„Also bis dann."

Der Kommissar fuhr zum Präsidium zurück und marschierte von dort zum Paradeplatz. Die Zeit bis zum Treffen mit Frau Bosch würde er überbrücken, indem er bei der Buchhandlung am Platz die Neuerscheinungen durchsah. Belletristik und Krimis interessierten ihn besonders. Wenige wussten, dass er als junger Mann gerne Autor geworden wäre. Seine musische Mutter hatte diesen Berufswunsch gefördert, aber der Einfluss des Vaters war stärker. Der Jurist legte ihm immer wieder nahe, wie wichtig es sei, etwas Nützliches für die Gesellschaft zu leisten. An Begabung mangelte es ihm nicht: Er liebte die Sprache, hatte gar Gedichte geschrieben – eigentlich bis heute nicht damit aufgehört – und hielt logisches Denken hoch, Mathe zählte zu seinen Lieblingsfächern. So hatte er an der Hochschule für Polizei Baden-Württemberg – früher schlicht Fachhochschule Villingen-Schwenningen genannt – Kriminalwissenschaften studiert und sich gleichfalls an der Uni Tübingen eingeschrieben, um seiner Leidenschaft für Literatur zu frönen. Wie hatten ihn die Vorlesungen bei dem Rhetoriker Walter Jens fasziniert! Während er in Gedanken versunken die Bücher betrachtete, fiel ihm der Spiegel-Bestseller *Schändung* von Adler-Olsen in die Hände. Vom Klappentext neugierig gemacht, kaufte er das Buch und begab sich zum Treffpunkt. Dort stand eine attraktive Frau mit sanfter Rubensfigur, die ihn musterte und ansprach, als er auf sie zuging.

„Kommissar Kautz?“ Sie schob die Sonnenbrille auf ihr volles schwarzes Haar und schaute ihn, wie er fand, prüfend an.

In Verlegenheit gebracht, zückte der Kriminaler seinen Dienstausweis und kam gleich zum Punkt:

„Frau Bosch ...“, „Jacqueline Bosch-Hallig“ ergänzte sie, „ich muss Ihnen mitteilen, dass Ihr Mann gestern Nacht verstorben ist. Es tut mir sehr leid!“

Die Farbe wich aus ihrem Gesicht, während sie nur ein Wort herausbrachte: „Wie?“

Der Kommissar berichtete das Wenige, das er wusste. Frau Bosch-Hallig reagierte nicht. Als er seine Hilfe anbot, wollte sie einfach nur nach Hause gebracht werden. Wortlos folgte sie ihm zum Wagen am Präsidium. Die Fahrt zu ihrer Wohnung nach Feudenheim nutzte der Kommissar, etwas über den Verstorbenen und die Schöne an seiner Seite zu erfahren. Außer zu klären, ob sie etwas mit dem Fall zu tun haben könnte, hoffte er, sie damit aus dem Schock zu holen, den ihr die Hiobsbotschaft versetzt zu haben schien.

„Sind Sie in der Lage, ein paar Fragen zu beantworten?“

„Ich versuche es.“

„Wissen Sie, ob Ihr Ehemann Feinde hatte?“

„Ich glaube nicht, wenn er sich auch die Mitarbeiter des *Tollen Hauses*, dessen Geschäfte er führte, nicht zu Freunden gemacht hat.“

„Fallen Ihnen noch andere Personen ein?“

Frau Bosch-Hallig zögerte einen Moment: „Eigentlich nicht.“

Was mochte hinter dem verzögerten ‚eigentlich‘ stecken, fragte sich der erfahrene Kriminalist.

„Ihr Mann ist gestern Nacht nicht nach Hause gekommen. Wie ging es Ihnen damit?“

„Ich wurde von Stunde zu Stunde nervöser, hätte fast die Polizei angerufen. Sowas ist in den elf Jahren unserer Ehe noch nie vorgekommen. Ich liebe Helmut und er mich auch. Natürlich hatten wir auch hin und wieder

Zoff, aber der hielt sich in Grenzen. Um mich abzulenken, habe ich meine Lektüre *Herzenstimmen* von Sendker weiter gelesen – übrigens ein großartiges Buch –, ihn zwischendrin auf dem Handy angerufen – er nahm nicht ab –, bis ich vermutlich um Mitternacht herum auf dem Sofa eingenickt bin. Gegen zwei schreckte ich auf, griff sofort zum Handy – wieder kein Kontakt – und ging schließlich unruhig zu Bett. Als Helmut heute morgen immer noch nicht da war und auch nicht abnahm, ahnte ich, dass was passiert sein musste."

Der Kommissar war froh, dass Frau Bosch-Hallig seine ungefragten Fragen von selbst beantwortet hatte. Angehörige von Opfern zu belasten, fiel ihm einfach schwer. Obwohl die Frau des Toten für die Tatzeit kein Alibi hatte, schien sie ihm unverdächtig. Dass sein Schluss mehr mit eigenen Gefühlen als mit fachlicher Intuition zu tun haben könnte, kam ihm nicht in den Sinn. Das Haus der Boschs in Feudenheim erreicht, war er nur noch um das Wohl der Witwe besorgt. Sie lehnte jedoch weitere Hilfe ab, er hätte sich schon genug gekümmert.

Während sie im Haus verschwand, läutete sein Handy. Seine Mitarbeiterin Marie Liebig war dran und gab das Ergebnis der Gerichtsmedizin durch, das diesmal nicht auf sich hatte warten lassen. Mit dem wollte er nochmals ins *Tolle Haus*, um Herrn Leidner zu informieren und seine Reaktion zu testen. Vielleicht waren ja auch Hinweise aufgetaucht, die zu einer Spur führten.

Kurt war geschafft, sowas hatte er in seiner ganzen Arbeitszeit im Haus, erst als Sozialpädagoge und seit einem knappen Jahr als Chef, noch nicht erlebt. Er stand im Fokus eines Verbrechens! Herr Kautz war zwar seiner Frage ausgewichen, aber der Hinweis – war es gar eine Anordnung? –, in der Stadt zu bleiben, sprach Bände: Kurt war tatverdächtig! Er hatte ein schwerwiegendes Motiv: Hass. Entwertung und Kränkung hatten den geschürt und zum Lodern gebracht. Dazu kam, dass ihm ein Alibi für die Tatzeit fehlte. Verdammt, warum musste seine Frau gerade jetzt auf Mallorca sein! Sie hätte ihm ein Alibi verschafft. Gestern Abend hätte er sie auch seelisch gebraucht. Erst jetzt fiel ihm ein, dass er stattdessen dem Ex-Chef seine Mordswut gebeichtet hatte. Das Telefonat mit Gerd half ihm, sein inneres Chaos auszuhalten. Sie sprachen lange miteinander, vom Ende der Tagesschau, die bei Kurt zur Abend-Routine gehörte, bis ungefähr halb zehn. Dann zappte er nervös etwas herum, bis er beim MDR hängenblieb, der gerade zum Ende eines *Polizeiruf 110* kam. Einen Rückfall in Schwermut musste er unbedingt abwehren.

Auf Kurt Leidners Plan an diesem Vormittag stand Diverses, Routine und Besonderes, allein die nötige Ruhe dazu fand er nicht. Der Tod seines Peinigers verfolgte ihn wie ein lebendiges Spiegelbild, das er auslöschen musste. Er war verstört, fühlte sich als Opfer und Täter zugleich. Zudem rief die Begegnung mit dem Kommissar ein Ereignis wach, das seine Psyche bislang zensiert hatte: Schlagartig befand er sich im Keller der Polizeiwache Neckarstadt und schaute ins Gesicht eines Haus-Bewohners, der vor ihm im Leichensack lag. „Ist das Kay Müller?“, dröhnte die Stimme des Polizisten. Als er bejahte, wurde der Reißverschluss des schwarzen Plastiksacks wieder zugezogen. Der junge, an Schizophrenie erkrankte Mann war von einem Mannheimer Hochhaus gesprungen. Mein Gott, was mochte den dazu getrieben haben! Natürlich wusste er, dass das Suizidrisiko bei Menschen mit Schizophrenie um ein Vielfaches höher ist als bei der Bevölkerung im Allgemeinen, er glaubte sich zu erinnern sogar zwanzig bis fünfzig mal so hoch. Aber ein tatsächlich vollzogener Suizid eines Menschen, den man kannte und mochte, für den man als Leiter verantwortlich war, fühlte sich furchtbar an.

Damals hatten für ihn zwei Dinge oberste Priorität: Seine erste Sorge galt den kranken Menschen im Haus. Sie mussten einfühlsam betreut werden, zugleich galt es zu verhindern, dass ein Nachahmungseffekt aus der Tragödie erwuchs. Zum Glück berichtete der *Mannheimer Morgen* über Suizide nicht. Eine Vereinbarung zwischen Stadt und Zeitung untersagte dies. Nach den Kranken kamen auch schon die Angehörigen des Verstorbenen. Er ließ sich das Überbringen der Todesnachricht nicht von der Polizei abnehmen, obwohl er dieser Situation tausendmal lieber aus dem Weg gegangen wäre. Geschäftsführer Bosch hatte befunden, als Vertreter des Vereins unbedingt dabei sein zu müssen. Vor Ort riss der sofort das Gespräch an sich und drückte Beileid im Namen des Vorstands aus. Er selbst konnte sich gerade noch kurz dran hängen. Mutter Müller schluchzte herzzerreißend, der Vater rang um seine Fassung und wollte Näheres wissen.

Ottmar – sogar der Name des großen Bruders fiel ihm auf Anhieb ein – flippte fast aus und beschuldigte das Haus, Kays Selbstmord nicht verhindert zu haben. Der Boss nahm zur Verteidigung Zuflucht, in Kurts Augen so ungeschickt wie unpassend. Der hätte besser Ottmars Gefühle angenommen, was doch menschlich geboten war und der Haltung eines Psychiatrie-Profis entsprach. Er selbst fand kaum Gelegenheit, sich einzubringen. Nach dem Besuch kam er sich als Schatten seiner selbst vor, entfremdet und elend.

Zum Glück holte Kurt das Tagesgeschäft allmählich auf den Boden der Realität zurück. In der Mittagspause zog es ihn förmlich zum Sozialraum, wo er einige Mitarbeiter anzutreffen hoffte. Alle, die Dienst hatten, waren da. Die Spätschichtler wurden über das schreckliche Ereignis informiert und die Aussprache mit Bewohnerinnen und Bewohnern nochmals beleuchtet.

„Die Stimmung war sehr bedrückt“, stellte Susanne fest. „Obwohl der Boss wenig Kontakt aufnahm, wenn er ins Haus kam, waren viele bestürzt, es schien, als ob er ihnen im Tod nahe gerückt war.“

„Klaus Brenner brachte in der BT nichts zuwege“, erzählte Gruppenleiter Frank. „Stattdessen lief er hin und her und musste sich nach kurzer Zeit wieder aufs Zimmer zurückziehen.“

„Ich hab ihm sein Bedarfsmedikament gegeben und vorhin nochmal nach ihm geschaut“, sagte die Krankenschwester.

„Ich fände es richtig, wenn wir die Bewohner heute nachmittag zu Kaffee und Kuchen einladen würden“, warf Bernd ein. Damit wollte der Psychologe das Gemeinschafts-Gefühl stärken und die Stärke des Einzelnen in der Gemeinschaft fördern. „Das tut uns allen gut und gibt nochmals die Chance, dem nachzuspüren, was der Tod von Herrn Bosch mit uns macht."

„Tut das,", sagte Kurt, „ich bin dabei."

Seine Absicht konnte er dann doch nicht einlösen, weil der Kommissar plötzlich vor der Türe stand. Der Fall nahm Fahrt auf. Ins Leitungsbüro geführt, kam der auch gleich zur Sache:

„Ich habe Neuigkeiten, Herr Leidner. Die gerichtsmedizinische Untersuchung ergab, dass Herr Bosch zwischen 20 Uhr 30 und 21 Uhr 30 verstorben ist. Abgesehen von ein paar kleinen, älteren Blutergüssen an den Armen hat der Gerichtsmediziner an seinem Hals frische Hämatome festgestellt, Druck-, wahrscheinlich Würgespuren, so dass wir nun von einer Gewalttat ausgehen müssen. Ob Herr Bosch absichtlich vom Balkon gestoßen wurde, oder im Handgemenge hinab stürzte, ist allerdings unklar."

„Das ist mal ne gute Nachricht – sorry, ich mein' natürlich die Tatzeit –, sie beschert mir ja ein Alibi." Kurt war sichtlich erleichtert. „Zu der Zeit hing ich nämlich am Handy und hab' mich bei meinem Ex-Chef, Gerd Helfinger, ausgekotzt, von 20 Uhr 16 bis 21 Uhr 26, sagt mein iPhone."

„Wie kommt es, dass Ihr Gespräch über eine Stunde gedauert hat?"

„Herr Bosch hatte mich wieder mal übergangen. Bei zentralen Fragen hab' ich einfach nichts zu melden, obwohl ich doch Hausleiter bin, ein scheiß Ohnmachtsgefühl! Das krieg' ich immer wieder, manchmal bin ich echt fertig, wenn ich es auch verdränge, weil es mich zu sehr kränkt. Gerd ging das damals genauso, der litt wie ein Hund ... Gestern Abend hab' ich mich bei ihm langsam wieder beruhigt."

„Verstehe ... Ist Ihnen irgendwas aufgefallen, was in Zusammenhang mit Herrn Boschs Tod stehen könnte?"

„Eigentlich nicht, obwohl – ich will gewiss niemand verdächtigen, schon gar nicht die Bewohner –, aber einer von ihnen, Klaus Brenner, fühlte sich gestern beim Frühstück von ihm beobachtet. Ab und zu gesellte sich Herr Bosch dazu, obwohl „gesellen" die Sache nicht trifft. Er saß nur dabei, frühstückte etwas und schaute in sich oder den anderen zu. Als er dann noch in die BT mitging, wurde Herr Brenner so unruhig, dass wir ihn zum Arzt brachten. Der erhöhte seine Medikamente um die Hälfte. Heute, beim Gespräch über Herrn Boschs Tod mit den Bewohnern, brauchte Herr Brenner gar noch seinen Bedarf, eine Art Not-Medikament."

„Was für eine Diagnose hat denn der Bewohner?"

„Sorry, das darf ich nicht sagen, Sie wissen ja, Datenschutz! Vielleicht kann da unser Beratungsarzt weiterhelfen, obwohl der ja unter ärztlicher Schweigepflicht steht. Jedenfalls geb' ich Ihnen mal die Nummer von Dr. Lichter, besser noch seine E-Mail-Adresse, der ist öfter in Mannheim unterwegs als am Arbeitsplatz."

„Danke Herr Leidner, Sie haben mir geholfen", dabei drückte der Kommissar Kurt die Hand und legte die andere kurz auf seine Schulter, eine fast väterliche Geste, die diesen überraschte, sogar berührte.

Auf der Rückfahrt ins Kommissariat versuchte Herr Kautz den Arzt telefonisch zu erreichen und hatte Glück.

„Dr. Lichter, Zentralinstitut für seelische Gesundheit!"

„Kautz, Kripo Mannheim, hätten Sie 30 Minuten Zeit für mich, wenn möglich noch heute. Es geht um den Tod von Herrn Bosch im *Tollen Haus*."

„Ja, der Leiter hat mich schon informiert. Wie wär's um 15 Uhr? Eine halbe Stunde kann ich ermöglichen."

„Sehr gut, ich komme zu Ihnen!" Herr Kautz zog es vor, die Personen, die er kennenlernen wollte, in ihrem Umfeld zu kontaktieren, da waren sie unbekümmerter, authentischer als in der künstlichen Situation auf dem Präsidium.

Wie so oft gab es in ZI-Nähe keinen Parkplatz, so dass er ins Parkhaus musste. Er vermied Parkhäuser, wo es nur ging, weil er auf Verbrecherjagd einmal in so einem „Bunker" angeschossen worden war. Bevor er die Klinik durch ihre Drehtüre betrat – rein äußerlich stimmte es sogar, das kritische Wort von der „Drehtür-Psychiatrie": ‚wenn du da mal drin bist, kommst du garantiert wieder und wieder!' –, fluchte er. Er hatte vergessen, dass vor dem ZI-Eingang Parkraum für besondere Fälle zur Verfügung stand.

Das Büro von Dr. Lichter gefunden und angeklopft, erklang ein bestimmtes „Herein!" Eigentlich hatte sich der Kommissar das Zimmer eines distinguierten Arztes größer vorgestellt. Als Herr Lichter hinter seinem von Bücherwänden gesäumten, aufgeräumten Schreibtisch hervortrat, ein schlanker, grauhaariger Mann Mitte fünfzig, wie er annahm – irgendwie erinnerte ihn der an Reinhard

Mey, dessen sinnigen Sprechgesang er schon immer mochte –, war sein erster Eindruck: ein gut organisierter, selbstbewusster, doch bescheiden wirkender Mann.

„Tut mir leid, dass ich Ihre wertvolle Zeit in Anspruch nehmen muss, aber ..."

„Ein Gespräch liegt ganz in meinem Interesse, schließlich berate ich das Team des *Tollen Hauses* schon an die zehn Jahre."

„Vielleicht können Sie mir beim Sortieren der Fakten mit ihrem Wissen behilflich sein. Es geht um den Bewohner Klaus Brenner, der sich dem Hausleiter zufolge um die Tatzeit herum auffällig gezeigt hat."

„Ja, ja, Herr Brenner ist ein übersensibler Mensch und hört schnell das Gras wachsen. Wenn es ihm schlecht geht, fühlt er sich gar verfolgt. Das erleben Patienten seiner Diagnose häufig."

„Halten Sie ihn für latent aggressiv, vielleicht sogar akut gewalttätig, wenn sich seine Krankheit verschlimmert?"

„Anamnestisch, ich meine, was seine Krankengeschichte betrifft, sind bei Herrn Brenner aggressive Handlungen nicht bekannt. Ich weiß natürlich, dass psychisch Kranken immer noch das Stigma anhaftet, unberechenbar und gewalttätig zu sein."

„Nein, nein, das müssen Sie nicht von mir denken. Ich habe vor Jahren ein paar Vorträge des Ex-ZI-Direktors, Professor Häfner, zum Thema gehört, eine international anerkannte Koryphäe – aber das muss ich Ihnen ja nicht sagen – und bin seither am Ball geblieben."

„Sehr gut. Meines Wissens ist Herr Brenner ein ruhiger,

friedlicher Mensch, dazu noch schmächtig, der die Flucht ergreift, wenn ihn die Angst packt. Gewalt gegen vermeintliche Verfolger, gewissermaßen als wahnhafte Notwehr, ist zwar bei seiner Krankheit, vorsichtig gesagt, nicht untypisch, aber bei Klaus Brenner halte ich das für sehr unwahrscheinlich, ausgeschlossen natürlich nicht."

„Das hilft mir, bei der Ermittlung Prioritäten zu setzen, danke", die Sprache des Arztes beeindruckte ihn. Das Gespräch mit Herrn Brenner konnte auf dem Hintergrund des fachärztlichen Urteils durchaus noch etwas warten.

Der Kommissar kam zu seinen Hauptverdächtigen:

„Es ist mir fast peinlich, aber ich muss Sie auch nach Ihrer Einschätzung von Herrn Leidner und Ex-Chef Helfinger fragen. Gewöhnlich füge ich ‚rein routinemäßig' hinzu. Ihnen, denke ich, kann ich nichts vormachen."

„Also, Herrn Helfinger kenne ich schon über 20 Jahre, ein integrer Mann, spontan, launig, in der Mannheimer Psychiatrie-Szene profiliert, aber ohne jede Spur von Profilneurose. Die Mitarbeiter schätzten und mochten ihn, wie ich übrigens auch; ein schmerzlicher Verlust für das Haus, als er in Rente ging. Ich glaube, Mitarbeiter fragen ihn immer noch um Rat, vielleicht sogar mehr denn je."

„Wie meinen Sie das?"

„Ich will nicht verschweigen, dass Herr Bosch in meinen Augen zur Belastung für das Team geworden ist. Der kommunikative Stil von Herrn Helfinger musste einer Oberleitung weichen, die gängelte und die langjährig gewachsene Kompetenz der Mitarbeiter missachtete. Der neue Chef im Hause, Kurt Leidner, leidet genauso darunter, wahrscheinlich noch mehr. Ich habe den Eindruck, dass ich es seit einiger Zeit mit einem anderen Haus zu tun habe. Sie werden verstehen, dass ich nicht mehr dazu sagen möchte. Ich habe mich schon weit aus dem Fenster gelehnt."

„Natürlich. Ich habe Ihre Zeit genügend in Anspruch genommen. Für Ihr offenes Wort und die fachlichen Hinweise danke ich Ihnen."

„Gerne!"

Die beiden Männer, jeder auf seine Weise mit einer komplexen, nervenzehrenden Aufgabe betraut, drückten sich die Hand, ein Funke von Achtung und Sympathie war übergesprungen. Die Türe am Ausgang des ZI drehte sich erneut und entließ einen in Gedanken versunkenen Kommissar.

Im Haus war noch immer spürbare Unruhe. Dass der Geschäftsführer beim Sturz vom Balkon ums Leben gekommen war, erschreckte viele, trotz sedierender Medikation feinfühlig gebliebene Bewohner und Bewohnerinnen, bedrohte sie gar – die gefühlte Sicherheit im Haus schien angeknackst. Zudem kamen Spekulationen auf. Der eine oder andere hielt einen Suizid für möglich. Herr Bosch hatte sich doch recht eigen verhalten, wenn er hin und wieder ins Haus gekommen war, wirkte abwesend, mit sich beschäftigt. Ob der große Probleme hatte, für die er keinen Ausweg mehr sah? Aus eigener Erfahrung kannten sie das nur zu gut. Dann wieder mischte er sich in Dinge ein, die ihn eigentlich nichts angingen, wie jüngst im Speisesaal, als er die Hauswirtschafterin vor allen rügte.

Inge Berg hatte sich mit Haut und Haar den Bewohnern und ihrer Gesundheit verschrieben. Sie sorgte für beste Ernährung, stellte zum Frühstück meistens Vollkorn-Müsli auf den Tisch und frisches Obst dazu, Äpfel, Birnen, Bananen, Kiwi, manchmal sogar Mangos, die sie selber gerne aß. Wenn sie aber mitbekam, dass einer zu viel Kohlehydrate oder Zucker in sich reinmampfte, konnte sie den auch mal in den Senkel stellen und ihm notfalls den Teller wegnehmen. Als Herr Bosch Zeuge einer solchen Aktion wurde, machte er Frau Berg an: „Sie können einem Hungrigen doch nicht das Essen verbieten, nicht zu fassen!“ Sein Gehabe zeigte, dass er sich dabei wie der himmlische Vater persönlich fühlte, für den die Bedürfnis-Befriedigung seiner Schäflein oberste Priorität hatte. Den gesundheitlich-erzieherischen Impuls der engagierten Hauswirtschafterin übersah er geflissentlich oder erkannte ihn erst gar nicht.

Wenn jetzt Suizid-Spekulationen aufkamen, musste das Team nachlegen und darüber informieren, was man derzeit wusste, dass Herr Bosch einer Gewalttat zum Opfer gefallen war, die aufzuklären sich die Kripo bemühte. Das würde auch erklären, warum der vornehme Fremde mit cognacfarbener Lederjacke und Silberhaar ab und an ins Haus kam: Es war der hiesige Kommissar Kautz. Die Klarstellung würde Phantasien zügeln und zugleich Mut machen, eigene Ängste zu äußern. So kam es, dass Sieglinde Klein, eine der älteren chronisch Kranken, den Betreuer von Anna Berger, einer jungen, lasziven Mitbewohnerin ihres Stocks, auf wechselnden Männerbesuch der Hübschen aufmerksam machte:

„Fast täglich taucht ein anderer Mann auf und verschwindet im Zimmer von Anna. Was da wohl abgeht? Nur einer kommt immer wieder, ist mir aufgefallen. Ob das ihr Freund ist? Der sieht richtig scharf aus, lange Haare, zu einem Schwanz zusammengebunden, Ringe an beiden Händen, lässig gekleidet, ein irrer Typ. Wenn ich jung wär', würd' mir der gefallen. Das bleibt aber unter uns!"

„Ich gehe dem nach", antwortete Fred Spitzer, der sich als Krankenpfleger hauptsächlich um Medikamente, Arztbesuche und alle gesundheitlichen Fragen kümmerte, aber auch noch Anna Berger und zwei Männer persönlich betreute.

„Sie wissen aber schon, dass ich das den Kollegen nicht verschweigen darf – ihre privaten Bemerkungen natürlich –, vielleicht braucht Frau Berger ja besonderen Schutz."

Als Fred den Fall im Team ansprach, lag das Problem schnell auf dem Tisch. Anna litt an bipolarer Störung, landläufig als extreme Gefühlsschwankung bekannt: himmelhochjauchzend, dann wieder zu Tode betrübt. Sie schien in eine Manie zu schlittern, wenn sie nicht schon mittendrin steckte. Inge hatte Anna Berger in letzter Zeit immer weniger bei den Mahlzeiten gesehen. Dazu befragt, sagte die nur: „O je, das hab' ich ganz vergessen!"

Frank steuerte Beobachtungen aus der BT bei: „Bei mir in der Gruppe quasselte sie letzte Woche unentwegt, wirkte fast high, einige waren echt genervt. Aufgefallen ist mir auch, dass sie gleich aufbrausend wurde, wenn sie bei ihrer Seidenmalerei einen Fehler machte, und das waren nicht wenige. Ihren Schal können wir im Hausladen unmöglich verkaufen. Letzten Freitag machte sie Herrn Weber an, der wußte gar nicht, wie ihm geschah."

Betreuer Fred resümierte: „Frau Berger erscheint mir zumindest submanisch. Ihr Zustand ist kritisch, obwohl sie sich selbst toll fühlt – noch", wußte das kundige Team. „Dazu würde auch ihr Männerverschleiß passen, wie Frau Klein uns gesteckt hat." ‚Für manch sexuell Bedürftigen im Haus ist ihre Freizügigkeit geradezu ein Segen', dachte Fred insgeheim. Das durfte er aber nicht laut sagen, frau hätte ihn im Team dafür als Macho in der Luft zerrupft! Natürlich war auch Fred skeptisch, ob Anna Berger der allzu lockere Sex gut tat.

„Und was ist mit Verhütung?", fragte Kollegin Susanne.

„Ab jetzt gibt's die Pille wieder unter Kontrolle!", sagte sie bestimmt, als Fred mit den Schultern zuckte. Der Verdacht, dass Frau Berger Fremden gegenüber nicht wählerisch war, mit denen vielleicht gar gegen Bares ins Bett stieg, brachte eine bedrohliche Folge des manischen Teils ihrer Krankheit zum Vorschein, sexuelle Freizügigkeit, wohl besser Wahllosigkeit, die auch Missbrauch in sich barg. Das war schleunigst zu klären wie kritisch mit ihr zu reflektieren, medikamentöse Hilfe eingeschlossen. Fred wollte umgehend mit Anna Berger sprechen und wenn sie zustimmte, Kontakt zu ihrem Psychiater aufnehmen. Bei beiden war sie in guten Händen, wusste das Team.

Auf dem Weg ins Präsidium gingen dem Kommissar bisherige Erkenntnisse durch den Kopf: Geschäftsführer Bosch war einer Gewalttat zum Opfer gefallen, die es noch zu präzisieren galt. Der Chef des Hauses, Kurt Leidner, hätte ein Motiv gehabt, ihn zu töten, hatte aber ein Alibi, ein Handy-Telefonat mit seinem Vorgänger Helfinger. Trotzdem hätte er am Tatort sein können, obwohl er sicher schien, aus dem Schneider zu sein. In dem Glauben würde er ihn vorerst auch lassen. Den Helfinger müsste er unbedingt sprechen, auch dieser hätte ein Tatmotiv gehabt, war jedoch durch das nachweisliche Telefonat ebenso aus der Schusslinie. Der Ex-Chef wohnte ganz in der Nähe am Lindenhof, einem begehrten, gutbürgerlichen Stadtteil am Rhein mit Park vor der Haustüre. Am besten schaute er gleich mal vorbei.

In der Gegend ging er öfter spazieren, wenn er sein Hirn lüften wollte, um festzustellen, dass er nicht abschalten konnte, im Gegenteil. In der frischen Luft am Rhein schienen seine Synapsen besonders erregt und verknüpften sich selbständig auf ungeahnte Weise. Er pflegte dann im Gasthaus am Fluss einzukehren und dort ein, zwei Viertel Wein zu trinken, der von erlesenen Pfälzer Weingütern stammte, sein Liebling ein feinherber Merlot vom Bad Dürkheimer Winzerverein *Vier Jahreszeiten*. Der war fruchtig-samtig und für seinen empfindlichen Magen bekömmlich. Dabei sah er den Schleppern zu, wie sie gemächlich den Fluss hinab wie hinauf tuckerten und kam so allmählich zur Ruhe. Sodann pflegte er seine Altbauwohnung in der Oststadt nahe der Christuskirche aufzusuchen, wo er in der Regel noch einen Absacker zu sich nahm, der ihm für einen Moment Flügel verlieh, wenn er aus dem Fenster und dem goldenen Engel der Kirchenkuppel ins Auge schaute, um dann auf die Couch zu sinken und im Nu einzunicken.

Hin und wieder verschaffte ihm auch ein Fernseh-Krimi Zerstreuung, wenn er sich über seltsam unreale Kommissararbeit ereifern und skurrile TV-Kollegen amüsieren konnte. War da nicht neulich der Leitmayr selbst in einen Fall verwickelt, den er aufzuklären hatte. Die Ermordete, eine Prostituierte, war gar seine Freundin gewesen, was er gegen jede Vernunft verschwieg, und als es rauskam, zu seinem sofortigen Abzug vom Fall führte. Dennoch hatte der heimlich weiter ermittelt und der Lösung zum Durchbruch verholfen. Na ja, wenigstens hatte der toll gespielt. Gegen solche Typen kam er sich bieder vor, wenn er an Schimansky dachte, gar verklemmt und mega soft.

Mittlerweile war er in der Waldparkstraße Nr. 30 angekommen und läutete bei G. & H. Helfinger. Eine kernige Stimme meldete sich an der Sprechanlage und wies ihm den Weg zum Dachgeschoss. Dort empfing ihn ein athletischer Mann mit lichtem Haar und üppigen Gesichtsfalten, aus denen wache graue Augen blitzten. Obwohl er ihn vom Computer weggeholt hatte, war der Alte nicht ungehalten und bot ihm freundlich eine Tasse Kaffee an, die er sogleich mit einer Pad-Maschine zubereitete. „Moderne Automaten bringen zwar feine Crema, sind uns aber zu teuer und zu stylish, meine Frau und ich ziehen einfache Lebensart vor.“ Dafür lag dem Betrachter ein vielgestaltiges Panorama zu Füßen, vom Stadtpark im Süden bis zur Konrad-Adenauer-Brücke im Norden, gegenüber die Skyline von Ludwigshafen und mittendrin der mächtige Rhein.

„Ich erspare mir üblichen Smalltalk, Herr Helfinger, Sie wissen, worum es geht. Herr Bosch kam im *Tollen Haus*, das Sie bis vor einem Jahr geleitet haben, zu Tode. Ich gehe von einem Gewaltverbrechen aus."

Helfingers Stirn zog sich in noch tiefere Falten. „Ja, ja, Kurt hat's mir gestern am Telefon erzählt, völlig fertig war der Arme. Wir haben lange, so eine Stunde, miteinander telefoniert zur Krimi-Zeit, vielleicht schauen Sie montags um viertel nach Acht ja auch mal in einen *Polizeiruf 110* rein, das markante DDR-Gegenstück zu unserem *Tatort*. Ehrlich gesagt, hält sich mein Mitleid in Grenzen. Herr Bosch hat mir das Ende meiner Zeit als Haus-Chef zur Hölle gemacht, mich drangsaliert und gemobbt und mir letztlich das Heft aus der Hand genommen. Ich hätte ihm vor Wut und Hass an den Kragen gehen können. Ich sag' das frei heraus, obwohl ich mich damit verdächtig mache. Sie hätten's ja ohnehin rausgefunden, so frei heraus ist's also auch wieder nicht! Die Finte, sich selbst zu verdächtigen, um gerade dadurch unverdächtig zu wirken, kennen Sie gewiss auch!

Zur Sache: In meinen Augen fährt Herr Bosch das Haus an die Wand, was Atmosphäre, Arbeitslust und Betreuungsqualität betrifft. Einige Kollegen haben das nicht mehr ausgehalten und das Handtuch geschmissen, andere sind in ein Loch gefallen, aus dem sie nur schwer wieder rausfinden. Manche arbeiten im Zustand innerer Kündigung. Es war mal ein total engagiertes Team, ein Trauerspiel!"

„Sie waren zur Tatzeit hier auf Ihrem Adlerhorst, nehme ich an.“

„Bei einem gut gemachten Krimi, egal ob *Polizeiruf* oder *Tatort,* gehe ich nie aus dem Haus. Dem fröne ich mit ein, zwei Gläsern trockenem Rotwein, meist zu einer Pizza vom Italiener.“

„Ist Ihre Frau auch so krimiphil?“, der Kommissar schmunzelte über seine Wortschöpfung.

„Nein, Hilde liest lieber historische Romane und spirituelle Literatur, Krimis und Thriller regen sie zu sehr auf.“

„Wo steckt sie eigentlich, wenn ich fragen darf?“

„Meine Frau geht alle paar Jahre zur Erbauung in ein Kloster in Dharamsala im Norden Indiens, dort ist sie gerade. Die Atmosphäre tut ihr gut, besonders morgens in der Meditationshalle bei den Mönchen im Gebet. Den übrigen Tag gestaltet sie selbst, macht Yoga oder nimmt an Kursen teil, zum Beispiel in tibetischer Astrologie. Von Zeit zu Zeit ist auch der Dalai Lama in Dharamsala, das ist ja der Ort seines Exils. Den hätte ich auch gerne mal gehört, aber das andere ist nichts für mich. Ihr gönne ich das natürlich.“ Der Kommissar wußte genug. Außer dem Telefonat mit Kurt Leidner gab es kein Indiz, dass Helfinger wirklich zuhause war, und das könnte auf tönernen Beine stehen.

„Haben Sie eigentlich zum *Tollen Haus* noch Kontakt?“

„Na klar, die Menschen dort, Bewohner wie Mitarbeiter, sind mir mit den Jahren ans Herz gewachsen. Die chronischen Kranken sind ja langfristig im Haus, die Reha-Leute meist nach einem Jahr wieder weg, von denen kenne ich so gut wie keinen mehr. Ab und an gehe ich dort vorbei, trinke Cappuccino im Besucherraum – jüngst haben sie sogar einen Automaten installiert – und halte mit dem einen oder anderen, den ich beim Kaffee treffe, ein Schwätzchen. Bei Festen bin ich quasi Stammgast."

„Das hört sich nett an, da ist so ein Arbeitsleben nicht Knall auf Fall beendet", schwang der Kommissar mit. „Nun muss ich weiter, vielen Dank für Ihre Zeit und den Kaffee", sagte er beim Aufstehen und gab dem sympathischen Oldie die Hand. Der drückte sie so fest, dass er glaubte, in einen Schraubstock geraten zu sein. Im Flur fiel dem scharfsichtigen Kautz noch etwas auf: „Da steht ja eine Antiquität von Telefon mit Wählscheibe, sagenhaft! Ich mag alte Sachen, Technik wie Möbel. Da haben Sie sich beim Gespräch mit Herrn Leidner bestimmt die Füße in den Bauch gestanden."

„Nein, Kurt rief mich auf dem Handy an, wir haben beide eine Aldi-Flat, die ist günstig, so viel verdient man ja in sozialen Berufen nicht und ich als Rentner achte sowieso aufs Geld."

„Verstehe", murmelte der Kommissar vor sich hin und stieg vorsichtig die steile Treppe hinab. Das gleiche Alibi wie Herr Leidner, dachte er, ein Handy-Telefonat, das zu belegen schien, dass er nicht am Tatort war. Die beiden entlasteten sich gegenseitig. Gewiss hatte der kluge Mann gemerkt, dass er sein Alibi überprüfte, obwohl er seinen Gedankengang – geschickt, wie er fand – verschleiert hatte. Jeder der beiden hätte die Tat begehen können, sogar zusammen mit vereinter Kraft. Selbst wenn Helfinger am Tattag im *Tollen Haus* gesehen worden wäre – und das müsste er erst noch herausfinden –, wäre das nicht ungewöhnlich, wo der doch den Leuten immer noch verbunden war, eigentlich sehr nett, wie der Alte auch. Dass Helfinger und Leidner in sozialen Berufen arbeiteten, sprach seines Erachtens ebenfalls für sie. Dazu kam, dass beide nicht vorbestraft waren, wie seine Mitarbeiterin Marie recherchiert hatte. Was aber objektive Beweise betraf, war er da wirklich weitergekommen?

Am nächsten Morgen bei Croissant und großem Milchkaffe im *Dolce Amaro,* Szene-Lokal unter den Jugendstil-Arkaden am Wasserturm, plante Kommissar Kautz sein weiteres Vorgehen. Einer stand noch zur Überprüfung an: Der psychiatrisch auffällige Bewohner Klaus Brenner, obwohl der von Dr. Lichters Sachverstand entlastet schien. Des Weiteren müsste er dringend das Betreuungsteam des *Tollen Hauses* zusammentrommeln und nach weiteren Hinweisen suchen. Dann würde er mit seinen Leuten den Ermittlungsstand durchgehen. Und schon hing er am Handy und telefonierte mit Herrn Leidner, der ein Treffen um drei Uhr nachmittags für günstig hielt. Da wäre intern sowieso eine aktuelle Frage zu klären. Klaus Brenner könnte er unmittelbar danach treffen, er würde das arrangieren. Das klappte ja wie am Schnürchen! Der Leidner schien kooperativ und umgänglich, trotzdem konnte er ihn noch nicht von der Verdachtsliste streichen.

Als der Kommissar pünktlich um 15 Uhr im *Tollen Haus* erschien, musste ihn Kurt Leidner darüber informieren, dass kein Kontakt zu Herrn Brenner möglich war. Die Symptome seiner Krankheit hatten sich nach Ankündigung des Besuchs des Kommissars so verschlechtert, dass ihn Krankenschwester Susanne in die Klinik fahren musste, für Mannheimer Bürger ins psychiatrische Zentrum Nordbaden Wiesloch oder ins ZI Mannheim. Klaus wollte lieber nach Wiesloch, da fühlte er sich sicherer, zudem gäbe es viel Grün auf dem Klinikgelände und es wäre ruhiger als im ZI mitten in der Stadt. Susanne Pillinger war noch nicht zurück. Das Aufnahmeverfahren dauerte schon etwas und dem Geist des *Tollen Hauses* entsprach es, dass die Betreuerin an der Seite des Erkrankten blieb, bis er nach der Aufnahme auf der Station anlangte, auf der er behandelt würde.

„Das tut mir leid“, nahm der Kommissar an dem Vorfall Anteil, „wenn ich das geahnt hätte ...“

„Sie müssen sich nicht schuldig fühlen“, unterbrach ihn Kurt Leidner. „Herr Brenner war schon kriselig zuvor, oft braucht es da nur noch einen Anstoß, das bekannte Tüpfelchen auf dem i, dass der psychische Zustand gewissermaßen kippt. Kommen Sie jetzt bitte mit ins Team.“

Im Konferenzraum saßen an die zwölf Personen um ein Trapez von Tischen. Die Gespräche verstummten sofort, als Kurt mit dem Kommissar eintrat, ein solches Ereignis war in der Geschichte des Hauses erstmalig. Mit dem Team bekannt gemacht, kam Herr Kautz ohne Umschweife zur Sache.

„Ich möchte Sie bitten, mir bei der Aufklärung des Gewaltverbrechens an Herrn Bosch in Ihrem Haus zu helfen.“ Der eine oder andere schluckte, aus berufenem Mund klang das schon krass.

„Jede Beobachtung kann hilfreich sein, wenn sie auch unbedeutend scheinen mag. Zensieren Sie bitte Ihre Gedanken nicht. Als Profis sind Sie ja mit Brainstorming wohl vertraut.“

Fred Spitzer ergriff als erster das Wort. „Es macht mir ziemlich zu schaffen, dass über uns ein Verdacht schwebt, auf Mitarbeitern und Bewohnern gleichermaßen. Andererseits haben wir immer wieder Besucher bei uns, zum Glück für unsere erkrankten Menschen, die meist wenig Freunde haben. Da ist jüngst aufgefallen, dass Anna Berger seit ein paar Wochen wechselnden Männerbesuch hat. Wir vermuten, dass sie mit ihren Besuchern Sex hat, schlimmstenfalls gegen Geld. Eine Phantasie – es fällt mir schwer, sie zu äußern – setzt mir richtig zu: Könnte Frau Berger in die Fänge eines Zuhälters geraten sein, der Freier zu ihr schickt?, in meinen Augen ein geschminktes Wort für Sex-Piraten!" Fred machte aus seiner Abscheu keinen Hehl. „Frau Klein, die ein paar Türen weiter wohnt, kam drauf, weil sie mitkriegte, dass unter den Fremden immer wieder ein und derselbe bei Anna auftaucht. ‚Der sieht wie ein Loddel aus', sagte sie mir im Vertrauen. Die Sache müssen wir im Auge behalten, obwohl sie wohl nichts mit dem Todesfall zu tun hat."

„Dennoch möchte ich mit den beiden sprechen, am besten morgen Vormittag."

„Kann ich als Frau Bergers Betreuer dabei sein?", fragte Fred.

„Natürlich, sehr gerne, ich will nicht schuld daran sein, dass noch jemand in die Klinik muss", antwortete der Kommissar.

„Vielleicht bringt ja eine Befragung der Nachbarschaft Hinweise auf den Täter", ließ sich Ali Görem, der Sporttherapeut, vernehmen.

„Damit habe ich bereits meine Kollegen beauftragt. Heute Abend sind wir schlauer."

Siggi Gschwindt brannte etwas unter den Nägeln: „Mir scheint, dass Klaus Brenner in Verdacht geraten ist. Ich kenn' ihn nun schon seit fast zehn Jahren. Wenn der in eine Krise rutscht – und das ist schon öfter passiert –, macht der die Hölle durch, wird von Ängsten gejagt und will nur noch ab in die Klinik. Als ich ihn mal nach Wiesloch brachte und wir die Auffahrt zum psychiatrischen Zentrum hoch fuhren, atmete er tief durch und sagte: ‚Jetzt bin ich in Sicherheit!' Herr Brenner greift niemand an. Für den leg' ich meine Hand ins Feuer."

Psychologe Schäfer berichtete vom Gedankenaustausch in der Großgruppe der Bewohnerinnen und Bewohner, allerdings waren nicht alle dabei: „An besagtem Abend ist niemandem etwas aufgefallen, aber das ist nicht verwunderlich, ist doch der Tatort abgelegen, bis zum Wohnbereich dringt da kaum etwas durch. Zudem sind einige Hausbewohner um diese Zeit schon im Bett, andere sehen noch fern. Die Stimmung war ziemlich gedrückt. Der eine oder andere sprach über persönliche Verluste, die unwillkürlich hochkamen."

Der Kommissar ließ jeden Beitrag unkommentiert stehen – jegliche Bewertung seinerseits hielt er für kontraproduktiv –, bis er selbst das Wort ergriff: „Jetzt hätte ich noch einen Punkt. Wer hat denn eigentlich diese Eisenstäbe vor der Terrasse aufgestellt und wieso?"

Frank Sattler reagierte prompt, als ob er auf die Frage schon gewartet hätte. „Die hab' ich besorgt, als Deko fürs kommende Sommerfest. Auch der hintere Bereich des Hauses sollte chic sein. Natürlich mach' ich mir jetzt voll die Vorwürfe. Ohne die beschiss... Spieße hätte Herr Bosch bestimmt den Sturz vom Balkon überlebt. Ich hatte die mit meiner Freundin auf einem Gartenmarkt in Maikammer entdeckt, die sind zur Zeit total in. Eigentlich hat Rosi mich zum Kauf angeregt."

„Wo waren Sie denn vorgestern am späten Abend?“ fragte der Kommissar abrupt.

„Ich hab' kein Alibi, wenn Sie darauf aus sind! Gestern Vormittag ging mir der Boss, sorry, Herr Bosch, echt auf den Sack! Erst kommt er, ohne zu fragen, mit in die BT, dann bedrängt er auch noch Klaus Brenner. Last but not least schreibt er mir vor, wie ich meine Arbeit machen soll, voll daneben! Am Nachmittag im Team beim Punkt Umstrukturierung des Haus-Programms – wieder mal im Alleingang ausgeheckt, früher ein ‚No-go‘ –, hatten wir nichts zu melden. Der will das einfach durchziehen, nein, wollte das. Ich hatte die Nase gestrichen voll, hab' mir gleich nach der Arbeit mein Bike geschnappt und bin ab in die Pfalz. In einer Dürkheimer Kneipe hab' ich mir's dann gegeben. Danach ging's langsam wieder nach Hause zurück. Es war stockdunkel, als ich eintraf, muss gegen 22 Uhr oder später gewesen sein. Ich war ziemlich zu, bin nur noch aufs Bett gefallen und erst frühmorgens wieder zu mir gekommen.“

„Wie heißt denn die Kneipe?“

„Pub Nummer 1. Hier Betreutes Trinken steht groß auf dem Fenster. Die Pfälzer sind echt cool! Betreutes Wohnen kennt man ja aus der Arbeit mit alten und behinderten Menschen, doch irgendwie bist du auch fertig, wenn du saufen musst! Als mir an dem Abend der Pub in den Sinn kam, dachte ich, ‚genau das brauchst du jetzt, betreutes Trinken'. Und es passte, der Barkeeper Henry hörte mir einfach zu, als ich vor mich hin trank und ihn dabei zutextete.“

„Danke“, unterbrach ihn der Kommissar. „Ich mach

kurz mal ein Foto von Ihnen, wenn Sie erlauben." Er zückte sein Smartphone, ein *Apple* guckte Frank an und klick war er im Datenspeicher.

„Irgendwie werde ich das Gefühl nicht los, dass sich Ihre Sympathie für Herrn Bosch in engen Grenzen hielt!", versuchte der Kommissar die Übrigen des Teams aus der Reserve zu locken.

„Der Wechsel im Leitungsstil von Gerd Helfinger, unserem letzten Chef, zu Herrn Bosch war schon heftig", ließ sich Ali vernehmen. „Tut mir leid, Kurt. Du bist zwar dem Namen nach unser Chef, aber wir wissen alle, dass du nur sein ausführendes Organ warst. Das Arbeitsklima hat sich in kurzer Zeit so verschlechtert, wie ich es nicht für möglich gehalten hätte."

„Genau!"

„Wie wahr!"

„Den Nagel auf den Kopf getroffen!"

„Die Zeit, wo ich meinen Job mit Verve gemacht hab', ist over!", ein unterdrückter Aufschrei ging durch den Raum.

„Na ja, so krass ist's auch wieder nicht, der Boss war halt ein Manager-Typ, ziemlich cool für meinen Geschmack. Der wollte vieles ändern und hatte einfach keine Lust, mit uns endlos rumzudiskutieren", stemmte sich Jan Hiller, der junge Neue, gegen den Wind. „Ihr wisst ja, dass ich bis vor einem halben Jahr in einer Fachklinik gejobbt hab', da war der Chefarzt genauso straight. Was der vorgab, wurde gemacht, Ende! All in all ist der ja auch für das Business verantwortlich."

Der Musiktherapeut, nur Mittwochs für seine Musikgruppe im Haus, fand ebenfalls ein gutes Wort. „Für meine Arbeit hat Herr Bosch Mittel von einer Stiftung locker gemacht. Damit konnte ich einen Gutteil der dringend gebrauchten Instrumente kaufen."

Der Kommissar kam nun auf Ex-Chef Helfinger zu sprechen. „Wie ich höre, sind einige von Ihnen dem alten Chef noch verbunden. Der pflegt ja auch die Verbindung zum Haus."

„Ja, zum Glück, den Gerd sieht und hört man hier immer wieder, meist mit Bewohnern bei einer Tasse Kaffee klönen und lachen", sprang Siggi Gschwindt auf den Impuls des Kriminalers an. „Erst Montag Nachmittag, als ich mit Herrn Brenner vom Arzt zurückkam, lief ich ihm im Flur über den Weg. Seitdem der in Rente ist, geht's ihm richtig gut, fast neidisch könnte man werden."

Der Kommissar hatte genug gehört: „Vielen Dank für Ihre Mitarbeit. Ein paar Punkte zum Weiterdenken nehme ich mit, auch Ihre Stimmung ist mir sehr eindrücklich geworden. Wenn Ihnen noch was einfällt, was auch nur im Entferntesten ein Hinweis auf die Gewalttat sein könnte, lassen Sie es mich wissen. Herr Leidner hat mein Kärtchen. Ich bedaure, dass der schreckliche Tod von Herrn Bosch Ihr Haus durcheinandergebracht hat. Auf jeden Fall werde ich bei meinen Ermittlungen achtsam vorgehen, das verspreche ich Ihnen."

Er zögerte einen Moment, dann gab er sich einen Ruck. „Erlauben Sie mir eine persönliche Bemerkung. Aus eigener Erfahrung weiß ich, wie notwendig psychiatrische Hilfen sind. Vor Jahren fiel meine Ex-Frau in eine Depression, die wir als Burnout tarnten, weil das immer noch akzeptabler klingt. Sie musste ins ZI, wir konnten einfach nicht mehr, zudem war es zu gefährlich, sie alleine zu Hause zu lassen. Ohne die Klinik hätten wir diese Krise kaum überstanden ... Ich habe Respekt vor Ihrer Arbeit."

Der Kommissar erhob sich abrupt und sagte kurz: „Jetzt muss ich schleunigst ins Kommissariat", wobei er jedoch nur vermeiden wollte, dass jemand seine feuchten Augen bemerkte, die dem Blick der Beziehungsprofis in der Runde jedoch nicht entgangen waren. Er ließ das Team nicht unberührt zurück.

Plötzlich sprang Kurt wie elektrisiert auf, entschuldigte sich, dass er erst später zur Besprechung dazukommen könne und eilte dem Kommissar hinterher, den er einen Block vom Haus entfernt keuchend erreichte. Herr Kautz war nach seiner Flucht aus der Konferenz schnellen Schrittes unterwegs. Gedanken an seine Ex und die Krankheit, die schließlich ihre Beziehung zerstörte, hatten ihn in Beschlag genommen. Erst Kurt Leidners Stimme holte ihn auf den Boden der Realität zurück. Er hätte ihn umarmen können, den netten jungen Leiter, der verborgene Vaterinstinkte in ihm geweckt hatte und nun half, aufgebrochenen Schmerz zu verdrängen.

„Herr Kautz, mir ist gerade noch was eingefallen, was für Sie interessant sein könnte. Nach dem Suizid von Kay Müller, Sie erinnern sich doch noch an den Fall vor einem halben Jahr?"

„Ja, ganz gut, da sind wir uns ja zum ersten Mal begegnet."

„Als Chef des Hauses fühlte ich mich verpflichtet, die Angehörigen Müller selbst zu informieren und das nicht einfach der Polizei zu überlassen. In Begleitung von Herrn Bosch suchte ich Kays Familie auf, für mich ein echtes Drama. Aus heiterem Himmel attackierte Kays Bruder Ottmar den Geschäftsführer: Er allein sei am Tod von Kay schuld! Den Selbstmord des Bruders hätte er verhindern müssen und können! Dass Angehörige die Schuld für ein unfassliches Ereignis bei anderen suchen, kommt eben vor, ist auch verständlich. Ottmars Angriff aber war zu heftig. Für ihn lag es auf der Hand, dass da was echt schief gelaufen war und Herr Bosch zur Rechenschaft gezogen werden müsste. ‚Dafür werden Sie noch büßen!' schrie er. Die hasserfüllten Worte klingen mir noch in den Ohren. Trotzdem will ich Ottmar Müller nichts unterstellen."

„Ihre Vorsicht ehrt Sie, doch für mich ist der Hinweis wichtig."

„In unserer Doku müssten auch die Kontaktdaten von Kays Familie zu finden sein ..."

„Nicht nötig, die haben wir selbst. Danke, das war sehr aufschlussreich." Er gab Kurt Leidner die Hand und legte ihm die linke kurz auf die Schulter, eine väterliche Geste, die diesen überraschte und ihm – wenn er ehrlich war – richtig gut tat.

„Morgen vormittag würde ich gerne bei Ihnen vorbeischauen, um Anna Berger und Frau Klein zu sprechen, wenn Sie das für mich arrangieren würden."

„Klar doch!"

„Also, bis morgen!"

Im Kommissariat warteten die Mitarbeiter auf ihren Chef, der mal wieder verspätet eintraf. Sie ereiferten sich gerade über die vorgetäuschte Vergewaltigung auf einer Parkbank am Wasserturm, welche die 41jährige Frau einem betrunkenen Flüchtling nordafrikanischer Herkunft anhängen wollte. Eine bodenlose Gemeinheit! Zudem hatte die Polizei angesichts der Flüchtlingsprobleme, die seit den Vorfällen auf der Kölner Domplatte um sich griffen, schon mit realen Fällen genug zu tun. Auch heizte diese schrille AFD-Frau mit ihrer unsäglichen Meinung, man müsse notfalls auf Flüchtlinge schießen, das Klima noch kräftig an.

„Kommen wir zum Thema“, brach der Chef die Diskussion ab. Mitarbeiterin Liebig und Friedebert Kunz waren dran, von ihren Interviews bei den Anwohnern des *Tollen Hauses* zu berichten. „Wir haben 21 Personen nach Auffälligkeiten am Montag Abend befragt, leider nur wenig Brauchbares gehört“, ergriff Kollege Kunz, der gerne erster war, das Wort. Die einen sagten, dass es wie fast immer ziemlich ruhig gewesen sei, kein Radau. Viele Bewohner wären ja eher leise und introvertiert, einige zwar etwas eigenartig bis bizarr, aber meistens doch nett und angenehm im Umgang. Manche Anwohner hatten auch mal das Sommerfest der Kranken besucht und sich dort bei Kaffee und Kuchen, Bratwurst und alkoholfreiem Bier nicht unwohl gefühlt. Die Mitarbeiter seien alle freundlich, mit denen käme man leicht ins Gespräch, besonders mit dem Chef, ein jovialer, humoriger Typ, der schon jahrelang das Haus leite.“

„Das ist der verrentete Chef, Herr Helfinger; seit einem

Jahr steht Herr Leidner dem Haus vor", berichtigte der Kommissar.

„Ein Anwohner nächster Nähe", fuhr Kollegin Marie Liebig fort, „hörte am Montag Abend ein Wortgefecht und ein dumpfes Geräusch, ging dem aber nicht nach. Der kramte noch ein Protokoll aus seinen Unterlagen, auf dem er Lärmbelästigungen mit Angabe der Uhrzeit über vier Wochen penibel registriert hatte. Die Auffälligkeiten lagen schon zwei Jahre zurück. Der Krach sei oft aus einem Raum gekommen, meist laute Musik, Heavy Metal oder was ähnlich Unverdauliches. Er habe sich mehrfach bei der Hausleitung beschwert, darauf sei es vorübergehend besser geworden, aber ganz ruhig nie. Er würde sich halt nur noch selten auf seinen Balkon setzen. In jüngster Zeit habe er dort ab und an einen Sportwagen röhren hören, aber das käme ja nicht von den Insassen, die führen höchstens mit dem Rad und die Mitarbeiter hätten in der Regel Kleinwagen. Nur das Auto des Leiters klang vor Jahren mal so, ‚eine alte Schleuder, da war bestimmt der Auspuff hinüber'. Das ist alles, mehr haben wir nicht."

„Ich musste mich um den Fall der Rhein-Leiche kümmern, die man unlängst aus dem Fluss gezogen hat", fügte der dritte Mitarbeiter, Peter Maier, der Vollständigkeit halber hinzu. „Sie wissen ja, dass wir aufgrund der blutverschmutzten Mütze, die ein Spaziergänger am Mannheimer Neckar entdeckt hat, einen Tatverdächtigen festgenommen haben."

„So wie es derzeit aussieht", resümierte der Kommissar, „sind wir von einer heißen Spur weit entfernt. Aber ernst zu nehmende Hinweise haben wir schon bekommen.

Nach meiner Einschätzung hätten zumindest drei Mitarbeiter einen guten Grund gehabt, Herrn Bosch an den Hals zu gehen: Der Ex-Chef Helfinger, der jetzige Kurt Leidner und der Beschäftigungs-Therapeut Sattler, alle drei ohne wirkliches Alibi für die Tatzeit. – Marie, überprüfen Sie doch bitte später, ob der Sattler an besagtem Abend wirklich im *Pub Nummer 1* in Bad Dürkheim gewesen ist. Ich simse Ihnen sein Bild aufs Handy! – Dazu kommt ein Bewohner, Klaus Brenner, den ich leider noch nicht sprechen konnte, weil er heute wegen akuter Krankheits-Episode in die psychiatrische Klinik nach Wiesloch gebracht werden musste und der Bruder eines Suizidanten vom *Tollen Haus*, Ottmar Müller, der vor einem halben Jahr Herrn Bosch ziemlich böse attackiert hat, verbal meine ich. Beide muss ich noch befragen."

Die Verdachtsmomente erläutert, kam der Kommissar zum letzten Punkt. „Da ist noch ein brisantes Geschehen im Haus festzustellen: Es hat den Anschein, als ob eine Bewohnerin mit bipolarer Störung, eine manisch-depressive Krankheit", merkte er fachmännisch an, „Opfer sexuellen Missbrauchs durch das hiesige Rotlicht-Milieu geworden ist. Eine Verbindung zur fraglichen Gewalttat ist wenig wahrscheinlich, doch nicht auszuschließen. Da wir das Haus nicht ein bis zwei Wochen lang beschatten können, um diese Spur zu verifizieren, werde ich die manische Anna Berger und ihre Mitbewohnerin Sieglinde Klein, die auf den mutmaßlichen Zuhälter aufmerksam wurde, bitten, uns umgehend zu informieren, wenn der wieder im Haus auftaucht. So, das wär's, für heute machen wir Schluss."

Das kleine Team löste sich schnell auf, jeder hatte am Abend noch etwas vor und war froh, dass keine weiteren Überstunden anfielen, einen Berg davon schoben sie ohnehin vor sich her. Wie gewohnt schlenderte der Kommissar zur Entspannung noch am Rheinufer entlang, doch sein Hirn lief wieder mal auf Hochtouren. Der Helfinger wurde am Tag der Tat nachmittags vor Ort gesehen – Zufall oder Hinweis auf ihn als Täter? Späte Rache für seine Entmachtung in „seinem" Haus? Kriminelle Hilfe für seinen Nachfolger Leidner, für das ganze Haus, das aus Helfingers Sicht und einer Mehrheit im Team seine Seele zu verlieren drohte, vielleicht sogar zugrunde ging? Die Körperkraft dazu hatte der Alte ja, er spürte jetzt noch seinen Händedruck. Intuitiv suchte er die Häuserfront der Waldparkstraße nach Helfingers Dachwohnung ab. Da oben müsste sie sein. War da nicht Licht und auf dem Balkon und zwei Gestalten, die heftig gestikulierten? Obwohl er sie nicht identifizieren konnte, erregten sie seine Phantasie aufs Neue. Könnte die Bluttat nicht aufs Konto zweier Täter gehen: Helfinger und Leidner, der alte mit dem neuen Chef, oder war gar noch der Sattler mit von der Partie? Eigentlich traute er es keinem von denen zu, besonders den Leidner mochte er, doch er durfte nichts ausschließen. Andererseits hatte sich sein Gefühl schon des Öfteren bestätigt.

Auf einmal spürte er, wie Hunger in ihm zu rumoren begann. Dem Esstrieb vereint mit Genusslust gelang es nun, seine Gedankenflut einzudämmen. Es zog ihn förmlich zum Gasthaus am Fluss. Fast war er versucht, einen Spurt hinzulegen, in purer Vorfreude auf etwas Leckeres und seinen Merlot dazu. Flammkuchen könnte er heute goutieren, genau, den traditionellen mit Speck, Käse und Zwiebeln. Beim Knoblauch müsste er den Koch, der die Knolle liebte, zwar etwas zügeln, er hatte ja am nächsten Tag einige Besuche auf der Liste: die Bewohnerinnen Berger und Klein, Ottmar Müller, und wenn es ging, auch noch Klaus Brenner in der Klinik.

Als er eintrat, winkte ihm gleich eine fesche Journalistin, die er mal bei einer unvermeidbaren Pressekonferenz kennengelernt hatte. Irgendwie musste die was für ihn übrig haben. Reflexhaft straffte sich sein doch noch ganz passabler Bauch.

„Herr Kommissar, was für ein netter Zufall, kommen Sie, setzen Sie sich zu mir."

Der geschmeichelte Kriminalbeamte setzte sich an den Tisch, selbst ihr Name fiel ihm auf Anhieb ein: „Danke Frau Fetzer, der Einladung komme ich gerne nach!" Mit einem Mal waren berufliche Wolken weggefegt und der Abendhimmel leuchtete in royalem Blau.

Am nächsten Morgen erwachte der Kommissar mit stechendem Kopfschmerz. In der Gesellschaft von Sofi Fetzer waren aus einem Glas Merlot drei geworden und nach dem herzhaften Flammkuchen hatten sie zu zweit noch einen süßen mit Äpfeln und Calvados verputzt. Zuletzt gab es für beide noch Pfälzer Hefeschnaps als Absacker. Sofi war ziemlich beschwipst und wie es schien zu allem bereit. Es hätte nicht viel gefehlt und es wäre zum Äußersten gekommen, als er sie untergehakt bis zu ihrer Wohnung begleitete. Warum er Sofi nur auf die Wangen küsste und dann ruckartig stehen ließ, war ihm schleierhaft. War es sein gradliniger Charakter, wollte er seine Partnerin Lea einfach nicht betrügen, obwohl er ja nicht verheiratet war und auch nicht wußte, was sie auf ihren Auslandsreisen so alles trieb? Vielleicht hatte er auch nur Sorge, dass ihn nach Alkohol- und Zuckerfreuden das Sodbrennen heimsuchen könnte und er kein Esomeprazol dabei hatte. Wie auch immer!

Zum Frühstück jedenfalls reichte ihm nach dem opulentem Abend eine Tasse Kaffee und ein Croissant. Missmutig betrachtete er seinen Bauch und fühlte sich wieder mal zu dick. Wenigstens würde das Aspirin seinen Kopf wieder auf Zack bringen, das wusste er aus Erfahrung. Plötzlich fiel ihm ein Traum ein, aus dem er nachts aufgewacht war. Mit Lebensgefährtin Lea bei einer Grabung im Tal der Könige, Theben West, fand er neben Krügen und Lebensmitteln aus Ton – selbst Knoblauchknollen waren dabei – eine Statuette. Lea wusste, was das war und klärte ihn auf: „Solche Figuren nennt man Uschebtis, Grabbeigaben aus Holz, Stein oder Terracotta, dienstbare

Geister, die einem verstorbenen Pharao das Leben im Jenseits erleichtern sollen."

Als er genauer hinschaute, war die Figur geradezu frivol: eine nackte Nubierin, die sich, vermutlich dem Pharao, in unmissverständlicher Haltung anbot – eine seiner Konkubinen oder gar eine ägyptische Nutte? Ein absolutes Novum, wunderte sich seine Archäologen-Frau. An der Stelle war er aufgewacht und hatte sich gefragt, was ihm sein Hirn damit bloß bedeuten wollte? War es der verführerische Abend mit Sofi, der in eine heiße Nacht hätte münden können, oder vielmehr sein Fall, der ja auch nicht gerade mit Sex geizte? Oder einfach bloß seine Dürre, seit Lea auf Wüstentour war? Etwas Kenntnis in Traum-Psychologie wäre da nicht verkehrt. Vielleicht würde er sich das einschlägige Buch von Sigmund Freud besorgen, zwar ein alter Schinken aus dem vorletzten Jahrhundert, aber immerhin galt Freud als Vater moderner Traumdeutung. Doch statt sich in seine Psyche zu vertiefen, sollte er sich besser auf den Weg machen und die Ermittlungen voranbringen.

Als er in aktueller Jeans, cognacfarbener Lederjacke und dazu passenden Pikolinos, bequemen spanischen Schuhen – er fühlte sich schick einfach gut – zum vierten mal im *Tollen Haus* eintraf, wurde er von dem einen und anderen Bewohner erkannt und fast ehrfürchtig gegrüßt. Ein echter Kommissar in ihrem Haus, das war schon was! Während er, vom Pförtner beim Chef angemeldet, im Foyer wartete, ließ er das aktuelle Klima des Hauses auf sich wirken. Die bedrückte Stimmung, die er bisher wahrgenommen hatte, schien fast wieder im Lot zu sein. Ein

Mitarbeiter, wohl auf Dienstroutine, rief ihm ein freundliches „Hallo, Herr Kommissar" zu, eine Trainings-Gruppe mit Stöcken lief neugierig-schüchtern an ihm vorbei. Den Sporttherapeuten an der Spitze kannte er schon: „Wir machen Nordic Walking als Frühsport, das macht munter, Sie wissen ja, die Glückshormone!" Die Gruppe strahlte wie auf Kommando und schon war auch Kurt Leidner zur Stelle: „Guten Morgen, Herr Kautz, Anna Berger und Sieglinde Klein wissen Bescheid. Sie warten vor dem Therapieraum, bitte folgen Sie mir!"

Den gemeinsamen Weg nützte Herr Leidner, dem Kommissar die Gruppentherapie des Hauses zu erläutern. „Dort finden diverse Trainings statt: zur Entspannung, für soziale Kompetenz und Achtsamkeit, sogar Übungen zum Genießen, alles Lernfelder mit Nachholbedarf für psychisch Erkrankte. Natürlich bieten wir auch Psychoedukation an, bei der die Teilnehmer Wichtiges über ihr Leiden erfahren, dass sie einen Rückfall – heute sagt man besser eine neue Episode ihrer Erkrankung – künftig verhindern können ... Übrigens, die beiden Damen sind gut drauf, Sie brauchen sich keine Sorgen zu machen."

Auf dem Weg in den ersten Stock fiel ihm noch etwas ein: „Bevor ich's vergesse, ich hab' in der Klinik nachgefragt, wie es Klaus Brenner geht. Er ist weniger angstbesetzt und nervös. Sie dürfen ihn schon morgen besuchen."

„Danke, sehr zuvorkommend von Ihnen!"

Vor dem Therapieraum erwarteten die beiden Frauen gespannt und auch ein wenig aufgeregt den ungewöhnlichen Besucher. Der stellte sich charmant vor und bat zuerst Anna Berger zum Gespräch. Die Idee, beide zusammen zu befragen, hatte er schnell verworfen. Er wollte verhindern, dass Frau Berger denken könnte, die Klein habe sie verpetzt. Annas Betreuer Fred Spitzer hatte an dem Morgen alle Hände voll zu tun: Da mussten die Medikamente für die Bewohner gerichtet und diejenigen persönlich versorgt werden, die Kontrolle brauchten, was nicht selten einen Besuch auf ihrem Zimmer beinhaltete, wenn sie nicht zur Einnahme erschienen. So konnte er nicht wie geplant bei dem Gespräch dabei sein. Frau Berger schien darüber erfreut, sie bräuchte sowieso keinen Beistand, doch der Chef bestand darauf, anstelle von Herrn Spitzer mitzukommen.

„Das ist aber sehr nett, dass Sie mich besuchen, Herr Kommissar“, begann die kecke 35-Jährige das Gespräch ohne jedes Anzeichen von Scheu. „Wissen Sie, ich verschlinge Krimis, zur Zeit die von zwei Allgäuer Autoren, die sind total lustig. Wie heißen die noch mal? Schlüpfer und Co. oder so! Egal, jedenfalls ermittelt da der Kluftinger, ein ziemlicher Spießer, dagegen sind Sie super schick, echt trendy. Dass ich mal einen richtigen Kommissar treffen würde, hab' ich nicht zu träumen gewagt!“

„Sie meinen sicher den Klüpfl und den Kobr.“

„Ja genau, Sie sind echt gut!“

„Ich muss doch die Kerle kennen, die über meinen Kollegen schreiben“, meinte der Kommissar grinsend.

„Voll cool“, Anna war begeistert.

„Heute spielen wir beide einen Akt in einem echten Krimi.“

„Soll ich mich etwa ausziehen?“, gluckste Anna Berger

und nestelte an ihrer Bluse herum. Ob sie das ernst meinte oder sich bloß über den Doppelsinn des Worts amüsierte, blieb offen, bot dem Kommissar jedenfalls die Chance, gleich zum Thema zu kommen.

„Nein, natürlich nicht. Aber die Betreuer hier wundern sich darüber, dass Sie öfter Besuch von diversen Männern bekommen.“

„Wieso, ist das etwa verboten?“

„Kommt ganz darauf an, was Sie mit denen machen.“

„Ach, die sind meistens nett zu mir, Sex wollen sie alle. In letzter Zeit hab' ich selbst fast immer Lust drauf. Bin echt umtriebig geworden, oft in der Stadt unterwegs, kauf' mir gerne Klamotten, quatsch' die Leute an, fühl' mich total unter Strom.“

„Entschuldigen Sie meine Indiskretion, bezahlen die Männer dafür?“

„Ja, ja, schon, fünfzig Euro geben die alle her. Aber da bleiben mir bloß fünf Euro, das andere kriegt mein Freund. Der besucht mich einmal die Woche, ein geiler Typ, fährt 'nen Maserati, hat mir versprochen, mich auf die Route 66 mitzunehmen quer durch Amerika, das wär' der absolute Kick, besser als jedes Aufputschmittel. Das brauch' ich zur Zeit sowieso nicht, bin ja auch ohne fast high.“

„Weiß jemand, was Sie da so treiben?“

„Jetzt nicht mehr, Herr Bosch hat davon gewusst, aber der ist ja tot. Er hat mich gebeten, es für mich zu behalten. Er würde sich persönlich darum kümmern. Ich solle mit den Männern Schluss machen, mir einen neuen Freund suchen. Manchmal wird mir das auch zuviel, besonders wenn einer mich hart anfasst oder gar schlägt. Mein Freund versprach, solchen Typen 'ne Abreibung zu verpassen und dafür zu sorgen, dass sie nie wieder bei mir auftauchen."

„Ist Ihnen eigentlich klar, dass Sie für Ihren sogenannten Freund anschaffen?"

„Ja, irgendwie schon … wenn ich von dem ganzen Poppen k.o. bin, würd' ich am liebsten alles hinschmeißen."

„Das wäre auch das Beste für Sie. Sie werden doch nach Strich und Faden ausgenutzt."

„Auf den Strich geh ich aber nicht!", meinte Frau Berger besorgt.

„Nein, nein! ... Tun Sie mir bitte einen Gefallen?"

„Natürlich, für 'nen Kommissar tu ich doch alles und dazu noch ein so netter!", dabei rückte sie ihren Stuhl an den schicken Herrn mit Silberhaar ran und sah ihn mit leuchtenden Augen an.

Der Kommissar stand auf und trat einen Schritt zurück: „Wenn Ihr Freund das nächste Mal kommt, sagen Sie bitte Herrn Leidner Bescheid und rufen Sie mich sofort an. Ich werde mich dann der Sache selbst annehmen. Hier ist meine Karte!"

„Das ist lieb von Ihnen, ich mach das, ich versprech's!"

„Vielen Dank, Sie waren sehr offen zu mir. Das war eine große Hilfe."

Der Kommissar streckte ihr die Hand entgegen, Anna Berger schüttelte sie einen Moment lang, um ihn dann an sich zu ziehen. Herr Leidner bremste: „Kommen Sie, Frau Berger, wir gehen" und führte sie aus dem Raum.

Herr Kautz wischte sich den Schweiß von der Stirn. Es war doch klug, dass der Chef auf seinem Beisein bestanden hatte. Der war eben ein Psycho-Profi. Der würde auch dafür sorgen, dass Anna Berger von ihrem manischen Hoch wieder auf den Boden fände, seines Wissens ging das nur mit Medikamenten. Wenn alles nicht half, müsste sie halt in die Klinik, der sexuelle Missbrauch einer Kranken, dazu noch in der Regie eines Zuhälters, war schnellstmöglich zu unterbinden, das ging gar nicht! Zum Glück fiel ihm der Komponist Robert Schumann ein, der auch manisch erkrankt war wie viele andere kreative Menschen, so dass er die Zudringlichkeit von Anna Berger als nur ein mögliches Symptom einer Manie relativieren konnte.

Auf das Gespräch mit Frau Klein könnte er eigentlich verzichten, er wusste ja jetzt Bescheid. Nein, er sollte sie nicht enttäuschen, zudem könnte er ihre Mithilfe gut gebrauchen. Wer garantierte ihm, dass Frau Berger ihr Versprechen hielt? So bat er auch Sieglinde Klein, ihn sofort anzurufen, wenn ihr der Loddel im Haus unter die Augen käme.

Mittlerweile war es kurz vor zwölf, was man auch daran merkte, dass die Bewohnerinnen und Bewohner von allen Seiten in den Speisesaal strömten. Das Essen war offenbar ein starker Anziehungspunkt für psychisch kranke Menschen, was ihm Kurt Leidner auf dem Weg zum Ausgang bestätigte. Wenn das Leben schon wenig Sensationen bot – die manische Anna war da gewiss auf der Ausnahme-Seite –, nahmen orale Bedürfnisse umso größere Bedeutung an. Obwohl, wenn er es bedachte, lag ihm an einem feinen Mahl genauso viel, dabei litt er nicht unter Mangel an Aufregung, ganz im Gegenteil. Er war halt ein Gourmet, der zu gern in lukullischen Genüssen schwelgte. Nur wenn er sich einem anderen Reiz voll und ganz widmete, konnte er abschalten. Das war seine Chance, zur Ruhe zu kommen ... aber, wo war er stehen geblieben? Da hatte sich ein menschlicher Abgrund vor ihm aufgetan, der so oder so ergründet und dann zugeschüttet werden musste, ob er nun etwas mit dem gewaltsamen Tod von Herrn Bosch zu tun hatte oder nicht.

Bis zum Besuch der Familie Müller, den er heute morgen vor Verlassen der Wohnung auf 14 Uhr anberaumen konnte – Vater Müller wäre da von der Frühschicht zurück, die Mutter als Hausfrau eh zuhause und Sohn Ottmar, derzeit ohne Arbeit, müsste halt da bleiben –, hatte er noch Zeit für Cappuccino und ein süßes Stückchen, das er wie gewohnt im *Dolce Amaro* zu sich nahm. Obwohl einige, meist jüngere Gäste dank bereitgelegter Decken und Wärmestrahlern schon im Freien vor dem Lokal saßen und sich angeregt unterhielten, nahm er drinnen Platz, den Verkehrslärm ertrug er jetzt einfach nicht.

Plötzlich überfiel ihn Sehnsucht nach seiner Lebensgefährtin Lea, die Freitag Abend von einer Oasentour durch die libysche Wüste Ägyptens zurück sein würde. Als gelernte Archäologin war sie drei bis viermal im Jahr im ägyptisch-arabischen Raum unterwegs, um neugierigen Westlern die Schätze des Orients zu zeigen. Im Gefolge des „Arabischen Frühlings“ war es jedoch zunehmend riskanter geworden, so dass sie nur noch Touren in Marokko und Ägypten durchführen konnte, im Land der Pharaonen auch nur abseits der Touristenzentren. So war sie mit einer Kleingruppe drei Wochen auf Oasen-Tour. Von Luxor aus, wo sie sich einen Besuch der Tempel von Luxor und Karnak doch nicht verkneifen konnte – Gott sei Dank war das gut gegangen, wie sie ihm vor Verlassen der Stadt am Telefon berichtet hatte – ging es mit drei Jeeps zunächst zur Oase El-Kharga, von dort nach Dakhla und schließlich zur Oase Bahariya, in der erst vor ein paar Jahren phantastische Gräber mit goldenen Mumien entdeckt worden waren. Das Highlight dort war eine Besichtigung mit Herrn Dr. Zahi Hawass, dem ehemaligen Minister für Altertumsgüter und Ausgrabungsleiter im Tal der Goldenen Mumien. Kautz war richtig neidisch auf Lea und wäre gerne mitgekommen, aber nach den Massenübergriffen von Flüchtlingen aus den Maghreb-Staaten in Köln ließ die politische Lage nicht zu, dass er Urlaub nehmen konnte. Leas Bericht würde das Wochenende spannend machen.

Fast hätte er die Zeit vergessen, als er über der zweiten Tasse Cappuccino in eigenen Orient-Reisen versank. Er musste los. Die Müllers wohnten in einer Neubausiedlung im Niederfeld, am südlichen Rand von Mannheim, da nahm er am besten seinen Alfa. Wieder mal mit Verspätung, aber noch im akademischen Viertel, läutete er an der Tür des Reihenhauses. Mutter Müller öffnete ihm, der Vater schien sich im Sessel von der Arbeit zu erholen und Sohn Ottmar lümmelte auf dem Sofa herum, offenbar schlecht gelaunt. Eigentlich wollte er mit seinen

Kumpels um die Häuser ziehen, musste darauf aber wegen des Besuchs des Kommissars verzichten.

„Guten Tag, Kautz, Kripo Mannheim, schön, dass Sie alle da sind“, bedankte sich der Kommissar.

„Nehmen Sie doch Platz“, lud Mutter Müller ein, „darf ich Ihnen was zu trinken anbieten?“

„Ein Glas Wasser, bitte.“

„Dauert das Verhör lange?“, ließ sich Ottmar Müller mürrisch vernehmen.

„Verhör ist reichlich übertrieben, ich ermittle im Fall des verstorbenen Herrn Bosch und bin auf der Suche nach einer brauchbaren Spur. Herr Bosch war, wie Sie sich vielleicht erinnern, Geschäftsführer des *Tollen Hauses* in Mannheim-Neuostheim. Sie hatten ihn nach dem tragischen Tod Ihres Bruders Kay kennengelernt. Er ist Montagnacht dort im Haus eines gewaltsamen Tods gestorben.“

„Und was haben wir damit zu schaffen?“, bellte Ottmar.

„Nimm dich bloß zusammen“, wies ihn sein Vater zurecht.

„Der Hauschef Herr Leidner hatte Sie damals zusammen mit Herrn Bosch aufgesucht und mit Ihnen über Kays Suizid gesprochen. Tut mir leid, dass ich daran rühren muss, aber ist Ihnen dabei irgendetwas aufgefallen?“

„Gequatscht hat fast nur der Bosch“, echauffierte sich Ottmar, „der ging mir richtig auf den Sack!“

„Und wieso?“

„Der Klugscheißer versuchte uns den Fall zu erklären: Das käme leider von Zeit zu Zeit vor, das läge an der schweren Krankheit', wo Kays Tod doch auf sein Konto geht!"

„Ich glaube, er versuchte uns zu trösten", wandte die Mutter ein, „mir jedenfalls haben seine Worte ein bisschen geholfen."

„Mama, du nervst, der wollte sich doch nur rausreden, Kay ist schlecht betreut worden, so einfach ist das und dafür war der Obermacker verantwortlich!"

„Rühr nicht wieder darin herum, Ottmar", versuchte ihn der Vater zu bremsen, fast flehentlich, „das Ganze ist schlimm genug."

Ungewollt kam ihm dabei der Kommissar zu Hilfe: „Wo waren Sie, Ottmar, eigentlich am Montag dieser Woche zwischen 20 Uhr 30 und 21 Uhr 30?"

„Was soll das? Verdächtigen Sie etwa mich? Mein Bruder ist tot und nun das! So eine Scheiße, Sie können mich mal …" Ottmar rannte aus dem Raum, die Tür schlug krachend hinter ihm zu.

„Tut mir Leid, mein Sohn ist bei dem Thema immer völlig außer sich, er ist einfach noch nicht darüber hinweg." Nach einer Pause: „Meines Wissens war er mit seinem Kumpel beim Spiel der Adler Mannheim gegen die Kölner Haie."

„Verstehe, klären Sie das doch mit Ottmar, wenn er sich wieder beruhigt hat, und rufen Sie mich kurz an."

Der Kommissar verabschiedete sich von bedrückten Eltern, „Adresse und Handy-Nummer des Kumpels wären hilfreich", sagte er noch beim Verlassen der Wohnung.

Wenn er die Entrüstung von Ottmar Müller ernst nahm, hatte der nichts mit dem Tod von Herrn Bosch zu tun, oder war der nur ein begabter Schauspieler? Weshalb machte der eigentlich den Bosch für den Suizid seines Bruders verantwortlich? Bestimmt Ergebnis verzweifelter Suche nach dem Schlüssel zu einer verschlossenen Türe! Dennoch wollte der Kommissar Ottmars Schuldzuweisung überprüfen. Dabei könnte ihm nochmals Dr. Lichter helfen, der kannte Kay doch auch. Am Telefon meldete sich der Anrufbeantworter des Oberarztes. Er bat um Rückruf und ließ sich dabei in seinen Alfa-GT hinab, wobei es ihn wieder mal in den Rücken stach. ‚Der nächste Wagen wird ein SUV, ich schwör's!'

Vor dem Präsidium auf dem Mittelstreifen geparkt, eilte der Kommissar zu seiner Abteilung. Marie Liebig blickte kurz vom Schreibtisch auf und sagte: „Chef, das Foto, das Sie von dem Sattler gemacht haben, war gut. Der Barkeeper Henry Siebenpfeiffer – übrigens ein berühmter Pfälzer Name! Ein Journalist dieses Namens hielt auf dem Hambacher Fest 1832 eine viel beachtete Rede, in der er ein Gesamtdeutschland ohne Zölle und Schlagbäume verlangte, das zudem Europa verbinden sollte. Damals Hoffnung demokratisch Gesinnter, inzwischen erreicht und heute, was Europa betrifft, wieder fraglich, ein Jammer!" Marie hatte ein paar Semester Geschichte studiert und überraschte den Kommissar ab und an mit profundem Wissen.

„Ein kleiner Exkurs, Chef! Was ich sagen wollte, dieser Henry hat den Sattler sofort erkannt. Der hat Montag Abend so an die acht Biere in sich reingekippt und dann noch ein paar Willis obendrauf. Wie der auf dem Rad nach Hause kam – übrigens ein ultraleichtes Koga Myata, ein echtes Kult-Rad –, war dem Barkeeper unerfindlich. Der Sattler machte sich gegen 20 Uhr auf den Heimweg. Bis nach Mannheim braucht ein guter Radler – und das ist der Sattler, wie ich in Erfahrung gebracht habe – etwa eine Stunde. Sie wissen ja, dass Karl Drais in unserer Stadt das Ur-Fahrrad erfunden hat, ich glaube es war im Jahr 1817. Mit seiner Laufmaschine ist der damals von der Wohnung im Zentrum zum Schwetzinger Relaishaus im heutigen Stadtteil Rheinau gefahren ..."

„Mein Gott, Frau Liebig, Sie sind ja ein wandelndes Lexikon. Ihr Fazit bitte!"

„Also, ein Radprofi würde die Strecke von Mannheim nach Bad Dürkheim, etwa 30 Kilometer, in einer guten Stunde schaffen, doch wenn man Sattlers Alkoholpegel in Rechnung stellt, brauchte er an die zwei. Zweifellos hat der Sattler ein Alibi."

„O.k., der kommt also als Täter nicht in Frage", schloss der Kommissar, „wenigstens ein kleiner Erfolg."

Sein Handy läutete, Dr. Lichter war dran und fragte, ob er helfen könne. Der Kommissar tat sein Anliegen kund und wurde mit einer Einladung des Arztes überrascht: „Ich kenne eine rustikale Weinstube am Ortseingang von Friedelsheim, den *Haardtblick*. Dort gibt es donnerstags immer Dampfnudeln nach Großmutter Art, sehr lecker. Haben Sie Lust?"

„Gerne", gab Gourmet-Kautz zur Antwort, auch Hausmacherkost nicht abhold.

„Also dann um 18 Uhr dort?"

„Okay!"

Am Abend erschien der Kommissar guter Laune und sogar pünktlich im *Haardtblick*, der leicht finden war. Als er eintrat, sah er Dr. Lichter am Tisch vor der Fensterfront sitzen, die Haardt vor Augen, Weinberge und Wald im Schatten der Abendsonne weich gezeichnet, Pastelltöne, von der Natur gemalt.

„Eine prima Idee, Herr Lichter", begrüßte ihn der Kommissar, „so lerne ich wieder mal was Neues kennen."

„Ob sie bekömmlich ist, wird sich herausstellen. Sie sind jedenfalls heute mein Gast. Die Dampfnudeln habe ich schon bestellt, nur die Beilage müssen Sie noch wählen, Kartoffelsuppe – sehr zu empfehlen –, Vanille- oder

Weinsauce, Ihr Getränk natürlich auch." Als die frauliche Bedienung gut gelaunt an ihren Tisch kam, nahm Dr. Lichter die Suppe und ein Mineralwasser, der Kommissar die Weinsauce und einen halbtrockenen Weißburgunder. Das versprach ein netter Abend zu werden, dachte der Kommissar. Die Getränke kamen prompt und mit ihnen Wirt Udo, mit seinen 76 immer noch Hallen-Sprecher des Eishockey-Bundesligisten Adler Mannheim.

„Alles gut?", fragte er am ersten Tisch und war schon fast beim zweiten, als die Antwort zu hören war.

„Mein Gott, das ist ja Mannheims Superbulle! Was verschlägt dich denn in die Provinz, lieber Karlheinz?"

„Udo, die Stadionsprecher-Legende! Nett, dich mal wieder zu sehen. Ich bin halb privat, halb geschäftlich hier mit Herrn Dr. Lichter vom ZI", Kautz' Hand wies auf sein Gegenüber. Der lächelte ein wenig verlegen, zugleich neugierig.

„Das beruhigt mich, Karlheinz. Sollte ich heut' Abend durchdrehen, weil fußlahme Gäste – ich könnte manchmal glatt 'nen Orthopäden beschäftigen! – am Straßenrand vor dem Lokal riskant parken statt auf dem sicheren Parkplatz nebenan, dann kann der Doktor mich gleich mitnehmen. Ha, ha, ha! Nichts für ungut, Herr Lichter!"

Und schon brachte die rührige Bedienung ihr Essen, für jeden zwei riesige Dampfnudeln, mal mit Suppe, mal mit Weinsauce.

„Guten Appetit, meine Herrn!" Im Nu war Udo am nächsten Tisch bei Stammgästen, zu denen er sich setzte und Neuigkeiten austauschte.

„Na, dann wollen wir mal", der Kommissar hatte Kohldampf. Die großen Dinger forderten jetzt seine ganze Aufmerksamkeit. „Mein Gott, sind die fein, innen locker und unten mit goldbrauner Salzkruste, und die Sauce dazu, ich wette mit Riesling gemacht."

„Natürlich", warf die vorbeihuschende Bedienung ein und ihm einen bewundernden Blick zu, man hatte ja nicht alle Tage einen bekannten Cop zu Gast. ‚Hier haben ja die Wände Ohren', dachte der Kommissar, beim folgenden Gespräch musste er besondere Diskretion walten lassen!

„Wenn wir nun schon mal enttarnt sind, sprechen wir eben verdeckt wie Profis", Dr. Lichter hatte seine Gedanken erraten. „Sie rätseln weiter an Ihrem Balkonfall herum, nicht wahr?"

„Eine wirklich heiße Spur habe ich noch nicht. Ich verfolge einige Hinweise, von deren Klärung ich mir etwas verspreche. Da ist der Bruder von K. O., so nenne ich jetzt mal den jungen Kranken des Hauses, der vor einem halben Jahr verstarb. Der Endzwanziger wurde laut Aussage des Leiters ausfällig, als er vom Tod seines Bruders erfuhr. Er warf dem Geschäftsführer vor, bei der Betreuung versagt zu haben. ‚Dafür wird der noch büßen', soll er gesagt haben."

„Ich kenne den Fall. Die Eltern von K. O. waren nach seinem Tod mit ihrem älteren Sohn, nennen wir ihn Otto, bei mir in der Angehörigengruppe, die ich halbjährlich anbiete. Die Familie eines psychisch Erkrankten ist ja von dessen Schicksal auch zutiefst mitgenommen. Die Eltern und Otto waren in meiner Gruppe auf der Suche nach einer Antwort auf ihre quälende Frage ‚warum'?

Meiner Meinung nach war K. O. medikamentös gut eingestellt, sein Neuroleptikum effektiv und arm an Nebenwirkungen. Zudem nahm er es unter Kontrolle ein, d.h. im Beisein eines Mitarbeiters. Ausgeschlossen ist natürlich nicht, dass jemand die Pillen im Mund versteckt und später ausspuckt. Dann wäre er möglicherweise unterdosiert gewesen. Irgendwann fällt so etwas aber auf, da bei Einnahme von Clozapin" – den Namen sprach der Doc nur für sein Gegenüber hörbar aus – „wegen seltener Blutbild-Veränderungen monatliche Kontrollen erforderlich sind. Die zeigen auch den Wirkstoff-Spiegel an. Das Neuroleptikum mit dem Namen Leponex" – wieder senkte er die Stimme – „hilft Krankheitssymptome wie Stimmenhören zu unterdrücken, man nennt das antipsychotische Wirkung. In der Tat hörte K. O. oft die Stimme seiner Freundin, die wahnhaft präsent war, für ihn ein gutes, tröstliches Gefühl.

An diesem Punkt hatte mir Otto eine schwierige, überraschend scharfsinnige Frage gestellt: ‚Könnte es nicht sein, dass die Behandlung zu wirksam war? Dass die Pillen meinem Bruder die Freundin quasi wegnahmen und er daran kaputt ging?' ‚Mir scheint eine solche Konstruktion sehr spekulativ, aber nicht auszuschließen', meine Antwort. Dann ergänzte ich: ‚Möglich ist aber auch etwas ganz anderes, dass K. O. eine imperative Stimme hörte – ein bei seiner Krankheit bekanntes Phänomen –, die ihn drängte, aus dem Leben zu scheiden.' Ich persönlich halte das für wahrscheinlicher, doch sein Tod bleibt uns ein unlösbares Rätsel!"

Der Kommissar war den Erläuterungen des Psychiaters

sehr aufmerksam gefolgt. Nach einer Pause sprach er einen Gedanken aus, der ihn seit dem Gespräch mit Kurt Leidner verfolgte: „Otto war völlig davon überzeugt, dass der Geschäftsführer des Hauses die Betreuung seines Bruders zu verantworten hatte und verkannte, dass die gesundheitliche Verantwortung letztlich beim behandelnden Arzt liegt.“ Er führte seine Idee nicht aus, ihr kriminalistischer Sinn aber lag auf der Hand.

„Wir Psychiater sind ständig Mehrdeutigkeiten ausgesetzt, viele können wir nicht klären. Wir müssen lernen, damit zu leben, nicht immer einfach, manchmal kritisch. Sie können sich keinesfalls damit abfinden, wo immer das Gesetz, nicht selten Leib und Leben auf dem Spiel stehen!“ ‚Wie recht Dr. Lichter doch hat', dachte der Kommissar, ‚ein kluger, fast philosophischer Mann.'

Auf dem Parkplatz gaben sich die beiden Recken die Hand: „Ein netter und leckerer Abend, meine bisher besten Dampfnudeln. Danke für die Einladung, beim nächsten Mal bin ich dran.“ Der Kommissar meinte sein Angebot ernst und spürte, dass auch Dr. Lichter an weiterem Kontakt interessiert war. „Kennen Sie das *Quinta da Luz*, ein portugiesisches Lokal mit Charme in Neckarhausen unweit vom Neckar?“

„Nein, aber ich werde es sicher bald kennenlernen!“

„Ich melde mich, ade!“

Als sich der große Dr. Lichter in den Kult-Fiat zwängte – wenn auch das 500er Update mit moderner Technik –, nahm der Kommissar in seinem Alfa Platz. Mein Eindruck trifft, fand er fast beschämt, während sein V6-Motor sonor grollte, ‚der Doktor ist ein modester Mann.'

Vom *Haardtblick* aus – der Bergzug selbst war schon in der Nacht verschwunden – bog Karlheinz Kautz gerade auf die A 650 nach Mannheim ab, als sein Smartphone läutete. Sieglinde Klein vom *Tollen Haus* war dran und flüsterte:

„Herr Kommissar, der Loddel ist grad zu Anna rein. Machen Sie schnell, der bleibt so eine halbe Stunde, hab' ich bemerkt."

„Danke Frau Klein, das passt!"

Der Kommissar gab Gas, die Tachonadel schnellte hoch und passierte wenige Sekunden später die 200-Kilometer-Marke. Wenn seine V6-Maschine auch nicht gerade sparsam war – bei dem rasanten Tempo fraß sie schon 14 bis 18 Liter –, war er in solchen Momenten doch froh, dass er beim Kauf nicht auf sein schwäbisches Gen gehört hatte. Im Nu erreichte er die Pylonbrücke über dem Hauptbahnhof Ludwigshafen, deren hohe Pfeiler und Stahlseile vor tiefblauem Himmel in rosa Licht erstrahlten. Notgedrungen bremste er seinen Alfa ab und brauchte dann noch ein paar Minuten, bis er sein Ziel in Mannheim-Neuostheim, gleich nach dem Luisenpark erreichte. Und wirklich, da, etwas abseits des Haus-Parkplatzes stand ein knallgelber Maserati 3200 GT, Baujahr um 2000 rum. Der Kommissar hatte ein Auge dafür, war er doch Young- wie Oldtimer-Fan. Zudem war der Italiener sein Traumauto; wenn der nicht so teuer wäre und im Verbrauch ein Schluckspecht … Er parkte in gebührender Entfernung und wartete ab. Wenig später kam ein schlanker Mann in Jeans und schwarzer Lederjacke mit Fransen aus dem beleuchteten Foyer des Hauses, die Haare zu einem Zopf zusammengebunden. Lässig ließ er sich in seinen Sportwagen gleiten und setzte den sanft in Gang, als wollte er zu später Stunde jeglichen Lärm vermeiden. Der Kommissar folgte ihm unauffällig, wie es sein Handwerk gebot. Kurz danach legte der Wagen mit dem Dreizack einige Zähne zu, flitzte am Luisenpark entlang, ums Nationaltheater herum, das nach Schauspielende gerade einen Schwarm Kulturbeflissene entließ, bog in den Friedrichsring ein, röhrte am Collini-Center, der Sultan-Selim-Moschee vorbei, bog schließlich in den Jungbusch ab und kam vor der Bar *Geisha-Glück* zum Stehen. Der Kommissar parkte ein paar Autos entfernt und folgte dem Pferdeschwanz unauffällig ins Fernost-Paradies. Als der Beschattete dort im Hinterzimmer verschwand, hielt er einem Muskelpaket von Barkeeper seinen Ausweis unter die Nase und verlangte den Chef. Der Gorilla griff gelangweilt zum Handy, ohne den Kommissar dabei aus dem Auge zu lassen: „Sunny, komm mal raus, ein Bulle!" Die hintere Tür ging wieder auf, der Langhaarige näherte sich taxierend und pflanzte sich dann dem Blick des Barkeepers folgend vor dem Kommissar auf:

„Herzog, Freunde wie Freier nennen mich einfach Sunny! ... Sunny und seine Bunnies, ha,ha,ha ... Häschen, für Englisch-Muffel!"

„Sehr witzig, Kautz, Kripo Mannheim!"

„Was verschafft mir die Ehre Ihres Besuchs?", Sunny grinste ihn frech an.

„Das können wir gern coram publico besprechen – lateinisch, zu deutsch vor aller Welt –, oder ist Ihr Chambre séparée nicht doch intimer?" Für den Bruchteil einer

Sekunde schien Sunny irritert – der Kommissar hatte ihn mit den eigenen Waffen geschlagen –, bevor er ihn durch selbige Hintertür, das Türblatt verdoppelt, wie der Kripo-Mann beim Eintritt en passant bemerkte, in ein fensterloses Büro führte, Schreibtisch, PC, eine Bücherwand mit Belletristik – die Werke von Edgar Allan Poe stachen ihm sofort ins Auge – und eine Sitzecke mit zwei roten Ledersesseln, die Wände mit hellbeigem Kork verklebt und gedämmt. Was hier besprochen wurde, drang nicht nach draußen.

„Machen Sie's kurz, ich hab' noch was vor!"

Ungebeten ließ sich der Kommissar auf einem der Sessel nieder: „Ihrer netten Einladung komme ich gerne nach. Sie stehen übrigens im Verdacht, eine psychisch kranke Frau als Prostituierte zu benutzen: Sie schicken Freier zu ihr nach Neuostheim ins *Tolle Haus* und kassieren dort von Zeit zu Zeit ab."

„Sagt wer?"

„Es gibt eine Zeugin dafür, ich selbst bin Ihnen heute Abend von dort hierher gefolgt, die Details stammen von der Erkrankten."

„Anna, die Schlampe, sollte besser ihr Maul halten, sonst ...!"

„Erstens ist die Frau psychisch krank – das wissen Sie –, zweitens missbrauchen Sie Anna für Ihre Zwecke und drittens verstehe ich Ihren Satz als Gewaltandrohung!"

„Fuck! Die Anna macht freiwillig mit, kommt dabei auch ganz gut weg!"

„Freiwillig, dass ich nicht lache, das können Sie gleich dem Haftrichter erzählen!"

Der Zuhälter zuckte kaum merklich zusammen. „Der ganze Psycho-Scheiß geht mir am Arsch vorbei. Das hab ich echt nicht gewusst. Die ist doch ganz o. k., zwar ziemlich läufig, sind aber andre normale Weiber auch."

„Ich mache Ihnen ein Angebot, Sunny, hier und nur einmal, hören Sie gut zu: Das miese Geschäft hört ab sofort auf und Sie kommen nochmal ungeschoren davon ... und ich meine nicht Ihren Zuhälterschwanz!"

„Wie spendabel, ein wahrer Ablasshandel: Wenn der Kautz die Flügel schwingt, die Anna aus dem Fegefeuer springt! Ha, ha, ha."

„Ich werde das *Tolle Haus* eine Zeit lang observieren lassen und sollte sich noch ein einziger Freier oder gar Sie dort zeigen, sind Sie dran. Haben wir uns verstanden?"

„Der Deal ist sowas von uncool, Mister Schnautz", konterte der den Kommisston des Kommissars. „Ich wär' für ein faires Geschäft: Wenn Sie mal Bedarf haben, Sie wissen schon, sogar ne Flatrate wär' drin, bei der geilsten Stute im Stall!" Der hämisch grinsende Sunny hatte seine unverschämte Art wieder gefunden und hielt dem Kommissar die Hand hin.

„Sie können mich mal...", bellte der, „übrigens heißt Ihr vierter Verstoß Versuch der Beamten-Bestechung." Er stand abrupt auf und verließ das Etablissement. „Saukärle, dir henk i 's Kreiz aus", wetterte er vor sich hin, die Schwaben-Version von „Mistkerl, dich mach ich fertig!" Es war spät geworden, für heute hatte er wirklich die Schnauze voll.

Der Kommissar hatte Sunny, der gewohnt war, dass alle um ihn herum nach seiner Pfeife tanzten, frustriert zurückgelassen. Machtgeil wie er nun mal war, hatte ihm der Kommissar diesen Kick gründlich versaut, er lechzte nach Entschädigung. Bei seinen Nutten waren Triumphgefühle schon längst verbraucht, neuer Reiz musste her. Da fiel ihm die tolle Frau des Geschäftsführers ein, eine scheinbar unnahbare, schwarzhaarige Schönheit, die der Vereins-Fuzzi sicher nicht zu schätzen wusste. Die hatte ihn bestimmt öfter abblitzen lassen, so dass der Bosch eben in seinem Puff aufkreuzte, ein Umstand, der ihm wieder mal sehr zustatten kam.

Vor ein paar Jahren hatte er in zwei Zimmern Videokameras installiert für alle Fälle, damit meinte er sehr Unterschiedliches. Im weinroten Raum hing ein Bild der bevorzugten Maitresse von Ludwig XIV., dem Sonnenkönig, genau gegenüber dem Wasserbett. Im Auge der Marquise von Maintenon hatte er die Linse der Kamera so geschickt verstecken lassen, dass sie selbst bei Tageslicht nicht auffiel, und zwar genau deshalb, weil sie so ins Auge stach. Das Offensichtliche wurde oft übersehen, das wusste er, spätestens seit er als Fan von Edgar Allan Poe die Geschichte *Der entwendete Brief* gelesen hatte.

Darin sollte der Detektiv Dupin dem Pariser Polizeipräfekten bei der Suche nach einem Brief helfen, der einer Adligen in erpresserischer Absicht gestohlen worden war. Der Täter war bekannt, konnte dennoch nicht verhaftet werden, da eine Veröffentlichung des Dokuments großen Schaden angerichtet hätte. Die Polizei durchsuchte heimlich das Haus des Diebs, wurde jedoch trotz minutiöser Suche nicht fündig. Der scharfsinnige Dupin versetzte sich stattdessen in die Psyche des Täters, sowie der düpierten Beamten und kam so zu dem verblüffenden Schluss: Der Brief ist nicht raffiniert versteckt, sondern vielmehr zur Schau gestellt. Gerade deshalb fiel er nicht auf. Nach kurzem Check fand ihn Dupin verknittert in einer offenen Ablage vor.

Dass ein Zuhälter sich an Literatur ergötzte und sie sich zunutze machte, würde einem Spießer nicht im Traum einfallen, grinste Sunny in sich hinein. Auch dass er mit seinem Spitznamen auf den Sonnenkönig anspielte, würde keine Sau vermuten. Dabei konnte er dem *Roi Soleil* in punkto Frauen durchaus Paroli bieten, hatte der ja nur 13 Maitressen gehabt!

Aber zur Sache zurück: Der Bosch, Geschäftsführer eines renommierten Vereins, der für Moral und Anstand bürgte – obwohl das selten zutraf, wenn er nur die Korruption bei den Fußball-Vorständen bedachte –, war doch tatsächlich bei ihm aufgetaucht und hatte sich an der blonden Mary ergötzt, und das im Chambre rouge! Seitdem gab es von dem in seiner privaten Sammlung ein paar heiße Streifen, die er auch zum eignen Bedarf nutzte. Als ihm die Anna von diesem Irrenhaus über den Weg gelaufen und voll auf ihn abgefahren war, hatte er natürlich daraus Kapital geschlagen. Fortan bediente Anna dort einige Freier und bei ihm klingelte die Kasse. Ausgaben hatte er keine, nur das vage Versprechen eines USA-Trips. Leider bekam der Bosch von seinem Geschäft Wind und versuchte es sofort zu beenden – wäre ja auch beschämend, wenn sich ein wohltätiges Haus als verkappter Puff erwiese, ha, ha, ha! Zynisch zu sein, tat echt gut und brachte ihn auf die Straße des Triumphs zurück. Seine Filme kamen gerade recht und schossen dem Mann mit Doppelmoral mächtig eins vor den Bug. Den Sack, er grinste breit, hatte er völlig in der Hand. Hätte er Boschs Bordell-Besuche an die große Glocke gehängt, wäre der als Sozial-Manager erledigt gewesen, ganz zu schweigen von den Folgen für dessen Ehe.

Die Sache war leider aufgeflogen, der Heuchler war weg und Sunnys Geldfluss aus dem *Tollen Haus* drohte zu versiegen, wenn der Kautz, der nicht bestechlich schien, Ernst machte. Könnte er wenigstens eine Entschädigung dafür rausschlagen? ... Ja, genau, das war's, eine teuflische Idee! Die private Telefonnummer der Boschs hatte er ja. Sofort machte er Gebrauch von ihr.

„Ja, bitte!“

„Herzog hier, Ihr verblichener Gatte hat sicher von mir erzählt! ... Ich sage nur Puff!“

„Was wollen Sie?“

„Das würde ich gern persönlich enthüllen, schöne Frau. Ich komme am besten bei Ihnen vorbei. Sie haben doch Zeit für einen alten Freund der Familie!“

„Sie scheinheiliger Erpresser, fahren Sie zur Hölle!“

„Aber nicht doch, das Geschäft, das ich Ihnen unterbreiten will, sollten wir auch besiegeln, in meinen Kreisen ein richtiger Akt!“

„Du Schwein!“

„Hey, das Duzen gefällt mir, ich bin morgen Abend gegen zehn bei dir!“ Er legte auf. Die weiß jetzt, was ihr blüht. Wenn ich antanze, wird sie gefügig sein – wie er

sich in seiner Hybris gefiel! Das Sprichwort „Hochmut kommt vor dem Fall“ fiel ihm dabei nicht ein.
Am nächsten Morgen – zum Glück war Freitag und die Woche verflogen – wurde Kommissar Kautz von der Sekretärin mit einer Eilnachricht überfallen: „Staatsanwalt Messer möchte Sie zeitnah sprechen. Sie sollen ihn heute früh als erstes in seinem Büro beehren.“ „Das klingt jetzt aber pressant“, bemerkte der Kommissar, manchmal kam eben sein schwäbischer Wortschatz durch. Warum wohl?, fragte er sich und war schon auf dem Weg zum Gericht, in einem Flügel des Schlosses unweit des Präsidiums zuhause. Der Staatsanwalt empfing ihn gewohnt höflich, doch spürbar ungeduldig. „Wie ist der Stand der Ermittlungen in der Sache Bosch, Verehrtester?“ Der Messer pflegte ohne Umschweife zur Sache zu kommen, in medias res sozusagen.

Der Kommissar fasste das bisher Bekannte zusammen, Fakten wie Deutungen: die Ergebnisse der Spusi, die Gespräche mit Personal und Bewohnern des *Tollen Hauses*, seinen Verdacht gegen Chef und Ex-Chef sowie gegen Ottmar Müller, die Entlastung von Frank Sattler, die Anwohnerbefragung, nicht zuletzt die Vernehmung von Bewohner Klaus in der psychiatrischen Klinik Wiesloch, für den Vormittag geplant. Auch Sunnys Beschattung im Fall Anna Berger blieb nicht unerwähnt.

„Alles in allem keine heiße Spur!“, zog er ein vorläufiges, leider dürftiges Fazit.

„Warum ist dieser Klaus Brenner noch nicht vernommen, der ist doch hoch verdächtig? Man kennt doch das Gewaltpotential von psychisch Kranken, denken Sie bloß an die verrückte Frau, die den Lafontaine in den Hals gestochen hat, obwohl mir der Saarländer politisch gar nicht nahe steht. Der hat unlängst auch noch eine Linke geheiratet, die seine Tochter sein könnte, typisch Promi."

Bevor der Kommissar noch sein Zögern begründen konnte, wurde der Ton des Staatsanwalts noch eine Spur schärfer: „Und was ist mit der Überprüfung des Lederpartikels? Zuhälter tragen doch für gewöhnlich Lederklamotten!"

Der Kripo-Chef war wie vom Blitz getroffen, hatte er ja die Fälle Bosch und Berger auf verschiedene Gleise seines kognitiven Bahnhofs geschoben. In der Tat trug Sunny eine schwarze Lederjacke, als er ihn gestern Abend im *Geisha-Glück* unter Druck setzte. Schande, wie konnte er so was übersehen, er könnte sich in den Arsch beißen!

„Da sind wir dran", versuchte er, das grobe Versäumnis zu kaschieren. Ein Eingeständnis hätte ihn, den als besonnen und scharfsinnig geltenden Kriminalisten, bis auf die Knochen blamiert. Die Untersuchung musste schleunigst nachgeholt werden.

„Dann will ich Sie mal nicht weiter aufhalten", entließ ihn Staatsanwalt Messer, dem zum Glück der Schock seines Ermittlers nicht aufgefallen war.

Der Kommissar spurtete in den Jungbusch, zu Fuß war er am schnellsten. Um die frühe Tageszeit war dort alles ruhig. Die Türe zum *Geisha-Glück* war unverschlossen, drinnen wurde sauber gemacht. Die Raumpflegerin wusste natürlich nicht, wo sich der Chef gerade befand. „Ich andere Mann, Handsup, anrufen, der weiß!" Ihre Frage Fehlanzeige, auch der Barkeeper hatte keine Ahnung.

Vielleicht schlafe der ja noch, seine Maisonette-Wohnung sei um die Ecke, in dem alten Gründerzeithaus.

Der Kommissar überprüfte das auf der Stelle. Dort regte sich nichts, selbst auf mehrfaches Läuten hin nicht. Ob ihn Sunny über die Videosprechanlage erkannt hatte und auf erneuten Kontakt mit ihm pfiff? Oder war er etwa auf und davon? Vielleicht hatte er einfach nur bei einem seiner Häschen die Nacht verbracht. Einen Durchsuchungsbefehl konnte er nur unter Preisgabe seines Versagens – so empfand er sein Versäumnis – beantragen. Ob er den kriegen würde, war zudem unsicher. Er hatte ja keine Beweise, nur eine Vermutung und wahrscheinliche Fluchtgefahr. Das lässt du gefälligst bleiben, entschied sein schlechtes Gewissen und überraschte ihn zugleich mit einer schrägen Idee: Du verschaffst dir jetzt eben selbst Zugang zur Wohnung auch ohne Brief und Siegel, ist etwa keine Gefahr im Verzug?

Als ein Mann das Haus verließ, nützte der Kommissar die Gunst des Moments, trat ein und rannte das Treppenhaus nach oben, zwei Stufen auf einmal nehmend. Im letzten Geschoss musste er erst mal verschnaufen. Er lehnte sich an die Wand, sein rechtes Knie schmerzte. Hier oben war nur ein Eingang, E. Herzog stand auf dem Schild über der Klingel. Mit einiger Mühe – sowas hatte er schon lange nicht mehr gemacht – sprang die schwere Tür auf. „Hallo, ist jemand hier?“, hörte er sich mehrfach rufen, seine Dienstwaffe ließ er stecken. Die meisten seiner TV-Kollegen hätten die schon längst gezückt, stellte er spöttisch fest. Ihm aber erschien das im vorliegenden Fall viel zu dramatisch. Niemand war zu sehen, das große

Wohnzimmer mit Blick auf den Hafen mäßig aufgeräumt, Designerbad und Schlafzimmer ähnlich leger, in letzterem ein Boxspring-Bett in der Mitte, scheinbar unbenutzt und nach Tuchfühlung auch nicht warm. Sunny war vergangene Nacht nicht hier gewesen, das war klar.

Der Kommissar durchwühlte den Kleiderschrank, ein solch blöder Fehler sollte ihm nicht noch einmal vorkommen. Jede Menge Jeans, modische Shirts, Pullover, zwei Parka, ein paar lässige Sakkos, zwei Lederjacken, eine braun, die andere schwarz – nur die nicht, die Sunny gestern trug –, ein Ledermantel in Aubergine, ein anderer aus Kamelhaar, sandfarben. An der schwarzen Jacke konnte er keine Verletzung des Leders entdecken, die war erstaunlich gut in Schuss, wenn auch nicht mehr die jüngste. Sunny hatte sie gut gepflegt. Der Kommissar war keinen Deut weitergekommen. Nur noch die Rocker-Lederjacke wäre zu checken. Dafür aber müsste er den Typ erst mal haben. Er würde die Wohnung wie auch sein Bordell beschatten lassen, wenigstens bis 24 Uhr, seine Beamten brauchten ja auch ihren Schlaf, ganz zu schweigen von den Überstunden! Etwas Besseres fiel ihm im Moment nicht ein. Beim Anruf im Kommissariat erreichte er Marie und Friedebert, die sich gleich auf den Weg machen wollten.

„Ach Chef, bevor ich's vergesse, Herr Müller hat angerufen und mitgeteilt, dass sein Sohn Ottmar Montagabend nicht beim Spiel der Mannheimer Adler war. Wo er sonst war, sei aus ihm nicht rauszukriegen gewesen."

„O. k., Peter Maier soll den Müller vernehmen, das hat jetzt Vorrang!"

Seine Kollegen auf die Verdächtigen angesetzt, ging er zum Präsidium zurück und nahm den Dienst-Benz, nicht mehr der jüngste und auch nicht gerade spurtstark – der passe gut zu ihm, hänselten die Kollegen –, obschon er sich aus Eitelkeit lieber in seinem Alfa spiegelte. Der Benz reichte völlig aus, um die Spur zu verfolgen, die der Messer angemahnt hatte. Klaus Brenner war ja derzeit zur Therapie im psychiatrischen Zentrum Wiesloch, saß dort gewissermaßen fest. Übrigens sollte man den Messer dringend auf Fortbildung schicken, seine Meinung über Psychiatriepatienten schrie zum Himmel, klassische Bildung hin oder her! Natürlich verübten psychisch Kranke auch Gewalttaten, das Risiko überstieg aber das der übrigen Bevölkerung nicht. Das hatte schon Professor Häfner festgestellt, lediglich bei Schizophrenen war es in dessen Studien Anfang der siebziger Jahre leicht erhöht. Ob Klaus Brenner eine solche Diagnose hatte? Die Frage hatte er sich bei Dr. Lichter verkniffen, der stand ja unter ärztlicher Schweigepflicht und war ihm eh sehr entgegengekommen, was die Störung von Herrn Brenner betraf. In der Tat ließen seine Worte auf eine Schizophrenie schließen.

Als der Fall Bosch auf den Tisch kam, hatte er nochmals seine Notizen aus Häfners Vorträgen durchgelesen. Seine Vorliebe für Altes – selbst seine 35 Jahre alten Studien-Mitschriebe hatte er noch aufgehoben – war ihm wieder mal zugutegekommen. Mit aufgefrischtem Wissen hätte er heute früh den Staatsanwalt auseinander nehmen können. „Fast zwei Drittel der Opfer psychisch kranker Täter einer großen Stichprobe sind Mitglieder der engeren Familie, die Motive für solche Taten häufig auf dem Boden lang dauernder, mitunter wahnhaft überhöhter Konflikte gewachsen", hatte er damals notiert. Offensichtlich war da eine Leidensgeschichte vorausgegangen. „Nur zirka zehn Prozent der schizophrenen Gewalttäter – Schizophrenie ist eine große Untergruppe psychischer Krankheiten – greifen Fremde an, Autoritätspersonen wie Politiker, Richter und Ärzte, aufgrund rein wahnhafter Motive", las er weiter. Das beste Beispiel dafür war die psychisch kranke Frau, die Lafontaine töten wollte. Sie glaubte sich von einem Geheimkomplott beobachtet und verfolgt, von dem Saarländer geführt, um sie zu beseitigen. Der eigentliche Skandal an diesem Fall aber war, dass er hätte verhindert werden können! Das Amtsgericht war von der gesetzlichen Betreuerin der psychisch Kranken mehrfach auf das bestehende Gewaltrisiko hingewiesen und um eine Unterbringung in der Psychiatrie zur Behandlung ersucht worden. Eine solche Intervention war aber unterblieben.

Der Fall bestätigte, dass sich wahnhafte Gewalt ankündigte – zumeist bestanden antisoziales Verhalten und erhöhte Aggressivität bei „Psycho-Tätern" schon vor der Erkrankung. Dazu kam dem Professor zufolge als zweiter Risikofaktor chronischer Alkoholmissbrauch. Gewalttaten psychisch Kranker fielen somit nicht wie ein Blitz aus heiterem Himmel. Als er Häfners Erkenntnisse auf seinen Fall anwandte, begriff er, dass Klaus Brenner nicht verdächtig war. Der wurde ja übereinstimmend als friedlich, ruhig und zurückgezogen beschrieben. Ob es bei dem anhaltenden Alkoholmissbrauch gab, war ihm allerdings nicht bekannt. Doch er glaubte es nicht, sonst hätte es Dr. Lichter erwähnt. Sein Wissen hätte er am liebsten dem Messer unter die Nase gerieben, der ihm Untätigkeit im vorliegenden Fall vorwarf. Vielleicht hatte der auch nur Schiss, weil er sich als VIP in Gefahr wähnte. Der Gedanke stimmte den Kommissar wieder versöhnlich. Dennoch musste er natürlich Klaus Brenner befragen, wenn auch nur, um den Verdacht auszuräumen.

In Gedanken versunken war Kautz traumwandlerisch über die A 656 und B 3 im Norden von Wiesloch eingetroffen, und fuhr, nun wieder bewusst, den Weg links zur Klinik hinauf. Über die Sprechanlage am Schlagbaum des Pförtnerhäuschens erfuhr er, dass Klaus Brenner noch in der Aufnahmestation im Hauptgebäude, der Einunddreißig „lag", ein Bild vom alten Betten-Denken geprägt. In die geschlossene Station eingelassen, musste er noch eine Weile auf die behandelnde Ärztin warten, die gerade Visite hielt. Der große, asymmetrische Aufenthaltsraum befand sich an einem begrünten Innenhof, rote Backsteinwände und braune Holztöne sorgten für heimeliges Ambiente. Der öffentliche Bereich führte zu den Patientenzimmern. Als dort eine Türe aufging, sah er einen freundlich wirkenden Raum mit zwei Betten. An den Tischen um ihn herum saßen vereinzelt Patienten in sich versunken, andere liefen unruhig auf und ab.

Als Neuer wurde er natürlich auch beguckt, einer kam gar an seinen Tisch und quatschte ihn an: „Woher kommsch dann du? Ach, vun Monnem! Ich wohn in Walldorf und schaff dort bei der Integra. Weisch du, was des isch? Net! Da arbeite Normale un Behinnerte zusamme. Uf ämol ging's bei mir nimmer. Gonz frieh vor em Schaffegehe sin plötzlich die Ängste do. Do hot mich mein Vadder hierher gebracht ... Mir geht's schon viel besser ... Un was machsch du so?"

Die Antwort nahm ihm Frau Dr. Sutter ab, die gerade mit ihrer Visite fertig geworden war.

„Der Herr Kautz besucht mich, Frieder. Sie können jetzt gleich zum Mittagessen, es ist Zeit. Heute Nachmittag bekommen Sie auch Besuch, Ihre Eltern schauen nach der Arbeit hier vorbei."

„Au prima, mer geh'n bestimmt in die Cafeteria, da gibt's gude Kucha. Tschüß Herr Kautz, luschtiger Name!"

Von Frau Dr. Sutter in ihr Büro geführt, nahm er auf dem angebotenen Stuhl Platz. Die flotte junge Ärztin setzte sich an das Tischchen ihm gegenüber. Irgendwie fühlte er sich hier wohl und schaltete gleich zwei Gänge herunter, ohne dass seine Psyche ins Hoppeln kam.

„Wie Sie wissen, bin ich wegen Klaus Brenner hier. Ich muss ihn zu einem laufenden Fall befragen."

„Ich wurde bereits vom Chef des *Tollen Hauses* informiert. Steht Klaus Brenner etwa unter Verdacht?"

„Ich ermittle zur Aufklärung eines Verbrechens, in dem Kontext muss ich Herrn Brenner vernehmen. Geht das?"

„Ich denke ja. Seine Ängste haben spürbar abgenommen, er fühlt sich schon viel besser. Darf ich bei der Befragung dabei sein?"

„Wenn er zustimmt, gerne!"

Frau Sutter telefonierte mit einer Schwester, die kurz darauf den Patienten in ihr Büro brachte.

„Herr Brenner, das ist Kommissar Kautz, er möchte Ihnen ein paar Fragen stellen. Sie brauchen keine Angst zu haben. Wenn Sie möchten, bleibe ich beim Gespräch dabei."

„Bleiben Sie, wenn Sie möchten."

„Wie Sie ja wissen, Herr Brenner, wollte ich schon am Dienstag mit Ihnen reden, leider sind Sie kurzfristig erkrankt."

„Ja, ja, es geht zum Glück schon wieder aufwärts."

„Das freut mich für Sie. Am besten komme ich gleich zur Sache. Wie waren Sie eigentlich auf den verstorbenen Herrn Bosch zu sprechen?"

„Der Tote war schon ein bisschen seltsam – als er noch lebte, mein' ich natürlich. Er hat mich oft so eindringlich angeschaut, dass ich richtig Angst bekam. Ich dachte, der spioniert hinter mir her. Das war wohl nur in meinem Kopf, glaub' ich jetzt."

„Das passiert manchmal, dass man sich in was verrennt."

„Genau, ich bin mir dann todsicher! ... Mein Gott, Herr Bosch ist nun schon ein paar Tage tot! Der hat doch auch eine Frau. Die war mal bei uns im Haus, eine wahre Augenweide!"

„Ist Ihnen denn am Montagabend irgend etwas aufgefallen?"

„Nicht dass ich wüsste. Ich hab' mit meinem Freund Lutz einen Krimi auf dem Zweiten geguckt, der Rhode und die Barbara Auer als Kommissare, die find ich beide gut, die Auer besonders. Die hat auch ein paarmal die Frau vom Brunetti gespielt, dem Commissario von Venedig. Die Krimis hab' ich alle geguckt."

„Sie haben also Montagabend den ZDF-Krimi angesehen, bis zum Ende?"

„Na klar! Wir sind im Wohnzimmer bei uns auf dem Stock gehockt. Der Film war schlimm, es ging um eine Schleuser-Bande, die eine Flüchtlingsfrau aus Syrien ermordete. Jetzt hab' ich das Ende vergessen, vielleicht hatte ich auch abgeschaltet, innerlich, mein' ich, müde war ich sowieso. Lutz kam dann noch kurz auf mein Zimmer mit, seine CD holen, die er mir für kurze Zeit geliehen hatte, seine Lieblings-CD vom Grönemeyer, die hört er fast jeden Tag."

„Wenn Ihnen nichts aufgefallen ist, bin ich auch schon mit meinen Fragen fertig, vielen Dank, Herr Brenner und weiterhin gute Besserung." Der Kommissar war erleichtert, er hatte sich nicht getäuscht.

Als Klaus Brenner aus dem Büro war, überraschte ihn Frau Dr. Sutter: „Das Interview haben Sie aber sensibel geführt, Herr Kautz, Respekt."

Der Kommissar errötete, das Lob der hübschen Ärztin machte ihn verlegen, obwohl es ihm natürlich schmeichelte. Sowas war er gar nicht mehr gewohnt. Er musste sich das im Umgang mit seinem Team merken – sein Überich soufflierte: hinter die Ohren schreiben. Kritik war im Polizeialltag ja gang und gäbe, ein wenig mehr Anerkennung täte dem Arbeitsklima bestimmt gut.

Um eine Erfahrung reicher, verabschiedete er sich von Frau Dr. Sutter. Mit einem Landeskrankenhaus, wie es früher einmal war und bestimmt noch in manchen Köpfen herumspukte, hatte das Psychiatrische Zentrum nach seinem, zugegeben ausschnitthaften Eindruck, nicht mehr viel zu tun.

Auf dem Rückweg fuhr der Kommissar beim *Tollen Haus* vorbei und bat Herrn Leidner um einen Kontakt mit Lutz, dem Mitbewohner auf Klaus Brenners Wohnetage. Vom Chef zu dessen Zimmer geführt, drang schon aus einiger Entfernung Musik an sein Ohr. Herr Leidner musste zweimal laut klopfen, bevor die Zimmertüre aufging.

Lutz hörte Grönemeyer: „ ... sie mag Musik nur, wenn sie laut ist, das ist alles, was sie hört, sie mag Musik nur, wenn sie laut ist, wenn der Boden unter den Füßen bebt, dann vergisst sie, dass sie taub ist ...", der Kommissar summte mit, er mochte den Sänger und dieses Lied ganz besonders.

„Herr Kissel, machen Sie bitte die Musik leiser, Sie wissen, bis zwei ist Mittagsruhe", forderte der Hausherr den Rock-Fan auf, obwohl er selbst das Lied auch immer voll aufgedreht hören musste. Und um von Erzieheranspruch zu lockerem Umgang zurückzufinden: „Sie können dem Kommissar ja mal Ihr Zimmer zeigen, wenn Sie möchten."

„Na klar, heute vormittag stand Zimmerputzen auf dem Programm, da hab' ich aufgeräumt und nass gewischt. Kontrolliert wurde aber noch nicht, Herr Leidner. So sieht also ein echter Kommissar aus, eigentlich ganz normal ... Also, das ist meine Sitzecke, auf dem Rack gegenüber Stereoanlage und Fernseher, daneben Bett und Schrank, die Möbel und Elektronik gehören mir. Dort drüben hinter der Glastüre ist Dusche und WC. Früher gab's die für alle gemeinsam auf der Etage ... Herr Leidner, vielleicht darf ich bald in eine Wohngemeinschaft außerhalb ziehen, am liebsten wär' mir die in den Quadraten, neben dem Lidl. Ich kann doch meine Möbel mitnehmen?"

„Natürlich geht das!"

Die folgende kurze Befragung des Kommissars bestätigte, wie erwartet, die Aussagen von Klaus Brenner. Die beiden waren zur fraglichen Zeit zusammen.

„Vielen Dank, das war sehr nett und informativ, Sie haben mir geholfen."

Als er Lutz Kissel zum Abschied die Hand drückte, strahlte der: „Für was denn, hab' mich über Ihren Besuch gefreut!"

Auf dem Weg zum Ausgang teilte der Kommissar Kurt Leidner mit, dass Herr Brenner eindeutig entlastet sei. Der Leiter war über die gute Nachricht richtig froh. Für heute würde der Kommissar Schluss machen, es war mal wieder eine volle Woche gewesen. Kollege Maier würde noch den Ottmar Müller verhören, das hatte er ihm nach dem Telefonat mit dessen Mutter heute früh aufgetragen. Maier war ein fähiger Kriminaler, wenn er auch für seinen Geschmack etwas zu formalistisch vorging.

Er selbst brauchte jetzt eine Pause. Die Rüge des Staatsanwalts machte ihm doch mehr zu schaffen, als er sich eingestehen wollte. Im Grunde aber war es sein Anspruch an sich selbst, scharfsinnig und unbestechlich zu ermitteln. Irgendwas an diesem Fall brachte ihn durcheinander, störte seinen sonst so kühlen Kopf, was immer das auch war. Er brauchte Distanz, auch wenn, oder gerade weil sich sein Fall jetzt zuspitzte, vielleicht auch nur scheinbar. Er musste sich alles mal aus der Vogelperspektive ansehen. Wie hatte er doch den scharfen Blick von Geier Florian bewundert, wenn der über dem Neckartal segelnd plötzlich zur Burg Guttenberg zurückflog, weil Dr. Fentzloff, Chef der dortigen Greifenwarte, ihm ein Küken zum Fraß hochhielt. Die Flugschau von Adlern und Geiern dort, die er mit seiner Ex einmal besucht hatte, war ihm in lebhafter Erinnerung.

Genau, das würde jetzt passen! Und schon saß er in seinem roten Renner, fuhr über die A 656 nach Heidelberg und dann das Neckartal aufwärts, das gerade zur Frühlingsblüte ansetzte, Weißdornbüsche, Schlehen, vereinzelte Mandelbäumchen und ein paar Forsythien. Er fuhr am Hügeldorf Dilsberg vorbei, an den vier Burgen Neckarsteinachs, Hirschhorn mit der Neckarschleife, Eberbach, Obrigheim, bis sich zur Linken Burg Hornberg zeigte, Sitz des Ritters Götz von Berlichingen, der mit seinem Wort „Sag ihm, er kann mich ... “ in den Zitate-Himmel eingegangen war. Zur Rechten tauchte jetzt Burg Guttenberg auf, er war am Ziel. Leider gab es an diesem Freitag keine Flugschau, doch ein Besuch der Volieren lohnte sich allemal. Da saßen seine Namensvettern, Käuze und Eulen, eine weiße sibirische beeindruckte ihn besonders. Und schon schwang sich seine Phantasie in die Lüfte. Warum hatte der Bosch den Zuhälter Sunny nicht angezeigt, sondern versucht, die Sache mit der Anna geheim zu halten? Hatte Sunny was gegen den in der Hand? Hatte seine Frau davon Wind bekommen und ihren Helmut auf seinem Lieblingsplatz im *Tollen Haus*, dem Tatortbalkon, zur Rede gestellt? War der Fall gar Endstation eines Ehedramas und die eigene Frau die Täterin? ... Das war jetzt aber doch weit hergeholt, dafür hatte es bislang kein Indiz gegeben. Obwohl, etwas seltsam hatte die Ehefrau schon reagiert, als er die Nachricht vom Tod ihres Mannes überbrachte. Er konnte es sich einfach nicht mehr leisten, etwas zu übersehen. Ein beiläufiger Blick auf die Uhr drängte den Kommissar auf einmal nach Mannheim zurück. Lea würde um 19 Uhr 58 aus Frankfurt am Hauptbahnhof eintreffen, da wollte er zur Stelle sein, sonst könnte sie Interessemangel bei ihm vermuten.

Nein, das ging jetzt nicht, er musste noch ins Kommissariat und Frau Bosch-Halligs Vorleben überprüfen, das hatte er bislang versäumt bzw. es nicht für nötig gehalten. An seinem Computer setzte er die Suche vor 15 Jahren an, elf Jahre war sie ja mit Helmut Bosch verheiratet, das wusste er. Kurz darauf spuckte der PC eine Reihe Daten aus. Wie bitte? Frau Jacqueline Hallig stand 2001 in Hamburg vor Gericht wegen Totschlags, war aber freigesprochen worden!

Damals wurde sie von zwei Kerlen auf dem WC einer Disco sexuell belästigt und fast vergewaltigt, wenn sie sich nicht gewehrt hätte. Sie entriss sich dem einen, der sie festhielt, während der andere ihr an die Wäsche ging und sie zu missbrauchen suchte. In höchster Not – so ihre Version – bekam sie unverhofft eine Bierflasche zu fassen, die auf dem Waschtisch abgestellt war, und schlug damit auf den Angreifer ein. Ein Schlag hatte diesen unglücklich am Kopf getroffen, er fiel zu Boden und blieb reglos liegen, während der andere flüchtete. Der Schwerverletzte starb noch auf dem Weg ins Krankenhaus. Das Gericht erkannte auf Notwehr und Jacqueline Hallig war wieder frei, doch nicht von dem Trauma, in das sie gestürzt war: Aus Angst, vergewaltigt zu werden, hatte sie einen zwanzig Jahre jungen Mann erschlagen. Kurze Zeit danach war sie nach Mannheim gezogen, Ende der Durchsage!

Mein Gott, stöhnte der Kommissar, war diese Frau so etwas wie ein Todesengel? Archaische Bilder wollten sich der Ratio bemächtigen. Hatte sie etwa auch den Ehemann auf dem Gewissen? Als er ihr die Nachricht von dessen Tod gebracht hatte, erschien sie ihm zwar nicht unberührt, aber eigentlich gefasst. Er hatte sie nicht weinen sehen. Aber warum sollte sie den Ehemann getötet haben? Hatte sie ihm, dem Vertreter der Staatsgewalt, etwas Gravierendes verschwiegen? Er musste sie unbedingt morgen früh, noch vor dem Termin beim Staatsanwalt, dazu befragen.

Peter Maier hatte den Auftrag des Chefs, Ottmar Müller noch am selben Tag zu vernehmen, mürrisch entgegen genommen. Der stahl ihm die Zeit für seine eigentliche Aufgabe, die ihn gerade jetzt voll forderte: Der Verdächtige, der im Rhein-Leichen-Fall festgenommen wurde, hatte sich in Widersprüche verstrickt, sein Alibi musste dringend überprüft werden. Aber so war der Kautz halt, der nahm keine Rücksicht darauf, dass er eine heiße Spur verfolgte. Einmal würde er selbst Chef sein, dann würde er vieles anders machen, das schwor er sich. Als er bei den Müllers anrief, musste Ottmar erst von der Mutter aus dem Bett gezerrt werden. Bestimmt hatte der mal wieder die Nacht zum Tage gemacht. So war das heutzutage bei jungen Leuten eben, besonders bei arbeitslosen. Frustriert warf sich der Kriminaler gängigen Vorurteilen an den Hals, was wirklich mit dem Kerl los war, interessierte ihn an diesem Freitagmorgen einen Dreck. Maier bestellte ihn auf 14 Uhr ins Kommissariat, das würde ihm Zeit ersparen, zudem war das seine Art zu arbeiten, die ihn vom Chef abhob, wie er dachte positiv.

Ottmar Müller stand pünktlich auf der Matte. Schon bei der Begrüßung begehrte er auf:

„Was soll der Schwachsinn, mich vorzuladen …"

„Moment mal, junger Mann, Sie wollen doch keine Anzeige wegen Beamtenbeleidigung. Reicht Ihnen der Ver - dacht, in das Verbrechen an Herrn Bosch zumindest verwickelt zu sein?"

„Da bin ich aber gespannt, welche Beweise Sie dafür aus dem Hut zaubern!"

„Herr Bosch soll Ihrer Meinung nach am Suizid Ihres

Bruders Kay schuldig sein. ‚Das wird der mir büßen!' waren Ihre Worte."

„Mein Gott, in dem ganzen Stress sagt man halt sowas, ein Wort im Affekt eben, ist Ihnen das noch nie passiert?"

„Doch, aber ich brauche kein Alibi für die Tatzeit am Montag zwischen 20 Uhr 30 und 21 Uhr 30. Dass Sie da mit ihrem Kumpel beim Spiel der Mannheimer Adler waren, wie Sie den Eltern weis machten, trifft nicht zu. Das haben wir überprüft. Wo waren Sie also?"

„Ich war eben allein unterwegs, in der einen oder anderen Kneipe."

„Gibt's dafür Zeugen?"

„Woher soll ich das wissen?"

„Überlegen Sie sich Ihre Antwort gut, sonst muss ich Sie nach § 127 der Strafprozessordnung festnehmen. Sie sind im Fall des gewaltsamen Tods von Herrn Bosch tatverdächtig und es besteht Fluchtgefahr. Der Vernehmung des Kommissars hatten Sie sich ja bereits einmal entzogen. Woher stammt übrigens Ihr Veilchen? Sie können ja kaum aus dem rechten Auge sehen."

Schlagartig sackte der so Angesprochene in sich zusammen und verstummte. Maier wartete noch ein paar Minuten, dann rief er einen Beamten herein, der ihn widerstandslos abführte. Ottmar Müller war überraschend gefügig, ja fast apathisch. Maier, der sonst nicht unsensibel war, verdrängte den erklärungsbedürftigen Eindruck, er war sauer und wollte sich endlich wieder mit seinem Fall beschäftigen. Das sollte er in Kürze bereuen. Ottmar Müller wurde am selben Nachmittag noch dem Haftrichter vorgeführt, der die Gründe für die Festnahme für unzureichend hielt und ihn sogleich auf freien Fuß setzte. Der Tonfall des Richters am Telefon war schallend: Ohrfeige, vorschnell gehandelt! Wie wohl der Chef darauf reagieren würde? Das musste bis Montag warten, denn der hatte ihn wissen lassen, dass er am heutigen Freitag nicht mehr ins Kommissariat zurückkommen würde.

Kurz vor Dienstende kündigte sich dann auch noch eine Anzeige wegen Körperverletzung an. Frustriert sah er seinen Feierabend schwinden und sollte Recht bekommen. Er ließ die Frau, die im Vorraum wartete, herein und führte sie in sein Büro. Sie hieß Mimi Selig und war im Rotlicht-Milieu tätig. Auch das noch, dachte der Junggeselle. Vor Jahren war er da mal gewesen, aber außer schnellem Sex und einem Loch im Beutel hatte ihm das nichts gebracht. Mimi beschuldigte einen Freier, sie geschlagen und sogar gedroht zu haben, sie aus dem Fenster zu werfen. Auf ihre Schreie kam Sunny, der sich als ihr Beschützer gefordert sah, nach oben, schlug den Freier zu Boden, schleifte ihn nach unten und schmiss ihn aus dem Bordell, er solle sich hier nie wieder blicken lassen. Ein Veilchen und diverse Prellungen würden ihn an die Nacht, es war gestern gegen 23 Uhr, eine Zeitlang erinnern. Maier blickte auf.

„Wie sah denn Ihr Freier aus?"

„Groß, so ein Meter achtzig, Glatze, Stecker im Ohr, braune Augen, ein Grübchen im Kinn, leger gekleidet, zirka dreißig. Eigentlich gar nicht übel! Er nannte sich Kay."

Maier hatte es geahnt, den Typ hatte er vor ein paar Stunden verhört und dem Haftrichter auf silbernem Tablett serviert. Doch der hatte nichts Besseres zu tun, als ihn wieder laufen zu lassen. Er könnte sich in den Arsch beißen, besser noch, dem Simpel von Richter den Marsch blasen. Es gab keinen Zweifel, die Beschreibung passte genau auf Ottmar Müller, alias Kay, den Namen seines Bruders, der in Sunnys Puff gegen die vor ihm sitzende Frau gewalttätig geworden war. Das war ein Ding! Der Verdacht, dass Ottmar den Bosch getötet hatte, war durch Mimis Anzeige gewissermaßen erhärtet. Maier nahm alles auf, Frau Selig unterschrieb das Protokoll und wurde vorsorglich darauf hingewiesen, dass der Kommissar sie nächste Woche noch einmal vernehmen würde. Erst jetzt sah er sich Mimi genauer an. Sie war adrett gekleidet, doch nicht allzu freizügig, gut gebaut, verhalten geschminkt, eine ansehnliche, ja hübsche Frau. Ganz und gar nicht entsprach sie dem Klischee einer Nutte. Dieser Sunny hatte Geschmack, das musste man ihm lassen, fand der Kriminaler und schien auf einmal mit seiner Überstunde versöhnt. Regte sich da etwa ein Bedürfnis in ihm, das er nach den letzten Enttäuschungen in Sachen Liebe in einer dunklen Ecke der Seele abgestellt hatte? Er riss sich am Riemen, schließlich war er im Dienst.

„Das weitere Vorgehen wird der Kommissar Montag früh entscheiden. Halten Sie sich bitte zu unserer Verfügung. Ich danke Ihnen, dass Sie gekommen sind."

Mimi stand auf, sagte „Tschau" und ging zur Tür. Peter Maier drückte den Buzzer, um sie rauszulassen. ‚Der Typ war zwar distanziert, nahm aber meine Anzeige ernst und hat mich nicht von oben herab behandelt, eigentlich ein netter Kerl', dachte Mimi, als sie sich auf den Rückweg zum Jungbusch machte.

Die Boschs wohnten am Rande Mannheim-Feudenheims, wo der Ort an Felder und Wiesen grenzt. Bevor Sunny den Geschäftsführer erpresste, hatte er das recherchiert. Ein Besuch war bislang nicht nötig gewesen. Er parkte seinen Sportwagen auf dem Weg neben der Hecke bei ihrem Haus und griff zum Handy.

„Ja, hallo“, klang heiser die Stimme von Jaqueline Bosch-Hallig.

„Ich warte auf dich unten im Wagen, wenn du rauskommst auf dem Feldweg. Du kannst den Maserati, knallgelb wie die Post, nicht verfehlen!“

„Wieso sind Sie so sicher, dass ich nicht längst die Polizei gerufen habe?“

„Du hast deinen Mann verloren, du willst doch nicht auch noch seinen Ruf ruinieren! Das würde auch dir gar nicht bekommen, ich versprech' dir's.“

„Also gut!“

In der Tat war Jaqueline nahe dran gewesen, die Polizei einzuschalten, hatte es aber aus Angst nicht getan. Sie wollte erst mal hören, was genau dieser Sunny von ihr wollte. Der machte die Beifahrertüre von innen auf:

„Come in, Babe!“

„Was ist das Geschäft, das Sie mir vorschlagen wollen?“

„Du kommst schnell zur Sache, he, he, das ist geil! Dann wollen wir zunächst mal das Grundsätzliche klarstellen. Ich habe zwei Briefe geschrieben, einen an den Vereinsvorstand deines Helmut, den anderen könnte ich ins Netz stellen oder dem *Mannheimer Morgen* schicken, die bringen gern fetzige Artikel. Im Text sind die Vorgänge um deinen Mann en detail beschrieben, erst seine Besuche im Chambre rouge – Geschäftsführer beim Sex-Geschäft, scharfer Titel, was? – und dann ein Beitrag, wie Bosch, der Ehrenmann, die kranke Anna einem Zuhälter überlässt, nur um seine scheiß Haut zu retten, und dabei – jetzt kommst du ins Spiel – von der Ehefrau gedeckt wird. Das gäb' doch 'nen Knaller: Puff im Irrenhaus!"

„Sie sind ja übergeschnappt, das hör' ich mir nicht weiter an!", ächzte Jaqueline und griff nach dem Türgriff.

Sunny krallte sie am Arm: „Moment mal, das Beste kommt noch. Dafür, dass ich die Pfeile nicht abschieße, tust du mir einen Gefallen. Ich hab' im Collini-Center ein Apartment, Nummer 212, auf den Namen Sunday. Da möchte Sunny dich ab und an sehen, muss nicht jeden Sonntag sein, ha, ha, ha! Du turnst mich sowas von an. Dabei kommst auch du voll auf deine Kosten, versprochen!"

Jaqueline war leichenblass geworden, dann knallrot vor Wut: „Sie sind ja total bescheuert, stecken Sie Ihren Schwanz sonst wohin. Sie können mich mal."

„Wie gesagt, ich erwarte dich morgen Abend um neun, Apartment 212."

Sie riss die Wagentür auf und stürzte hinaus.

Von seiner Show voll geil, ließ Sunny seinen Blech-Hirsch röhren und fuhr auf und davon.

Jaqueline fiel wie ein Sack aufs Sofa, sie war fix und alle. Montagnacht erst war ihr Mann einem Verbrechen zum Opfer gefallen, und nun, Helmut noch nicht unter der Erde, hatte sie ein zynischer Zuhälter zum Lustobjekt erwählt und erpresste sie unverschämt mit dem dunklen Erbe ihres Mannes, schlimmer noch, mit ihrem eigenen

Schatten. Das war zuviel. Sie griff zum Brandy, der seit Dienstag griffbereit auf dem Sideboard stand. Dann nahm sie doch lieber zwei Schlaftabletten aus der Schachtel daneben.

‚Warum nur hatte sich Helmut auf dieses verfluchte Milieu eingelassen? Hatte sie etwas grundlegend falsch gemacht, dass er dort auflief? Nein, sie durfte jetzt nicht die Schuld für sein Verhalten bei sich suchen, typisch weibliche Denke, die sich gewöhnlich Männer zunutze machten, wenn's ihnen in den Kram passte. Wie oft hatte sie bei einem Missbrauchsfall die Worte gehört, „die ist selbst schuld, hätte sie sich nicht so sexy rausgeputzt, mich derart angemacht!" Das Opfer als verkappter Täter, zumindest mit von der Partie, das schien ein probates Mittel der Macho-Welt, sich selbst zu entschulden, typisch für eine Gesellschaft von Narzissten. Wie hasste sie diesen Zug der Zeit!'

An jenem Abend, als ihr Helmut seinen „Seitensprung" in den Jungbusch gestand, hatte sie seit ihrer Hamburger Zeit erstmals wieder zum Brandy gegriffen. Stop! Damit wollte sie sich jetzt überhaupt nicht befassen. Helmut hatte ihr von den Treffen mit Mary im Chambre rouge berichtet und sie auf Knien um Verzeihung gebeten, wenigstens das hatte er hingekriegt. Dann hatte er berichtet, dass er damit auf perfide Weise erpresst wurde: Die manische Anna war in die Fänge von Zuhälter Sunny geraten und hatte danach Freier im *Tollen Haus* zu bedienen, unbehelligt, sonst würde der sie und den Verein aufklären, was Helmut als Geschäftsführer noch so alles trieb. Widerlich! Ihr Mann hatte das nicht mehr ausgehalten und versucht, sich bei ihr zu entlasten, was sie ihm im Grunde hochanrechnete. Natürlich brauchte sie noch Zeit, das alles zu verdauen. Aber mit dem Verein, der sich die Fürsorge für Schwache und Kranke auf seine Fahnen geschrieben hatte, war nicht gut Kirschen essen. Der Vorstand – lauter Moralapostel – würde Helmut zum Teufel jagen, wenn ihm das zu Ohren käme. Der Scheißkerl Sunny hatte ihn bis zu seinem Tod in der Hand gehabt.

Und nun war sie dran. Auch ihr Ruf wäre dahin, wenn sie als schweigende Mitwisserin am Pranger stünde, gar noch ihre Vergangenheit ans Licht käme. Vor 14 Jahren war sie von Hamburg nach Mannheim geradezu geflohen, um da ein neues Leben zu beginnen. Nein, das würde sie sich von diesem Schwein nicht vollends kaputtmachen lassen. Ihre Arbeit als Psychologin im Frauen- und Kinderschutzhaus wäre aus und vorbei, und sie könnte es dem Träger nicht einmal übel nehmen. Vielleicht wäre gar ihre berufliche Laufbahn gänzlich ruiniert. Die Lage schien ausweglos, oder etwa nicht? Sie verbot sich, aufkommende Gewaltphantasien zu Ende zu denken.

'Sollte sie jetzt nicht den Kommissar anrufen?' Sie nahm ihr Smartphone zur Hand und wählte, doch schon nach dem ersten Klingelton legte sie wieder auf. Jetzt brauchte sie vor allem Ruhe, keine weitere Aufregung, die wenigen Stunden Schlaf, seit der Vorhang zum letzten Akt ihrer Tragödie aufgegangen war, der im griechischen Drama ja Katastrophe hieß, konnte sie an ihren Fingern abzählen. Oder könnte sie ihr Schicksal doch noch wenden, das Rad zurückdrehen ging ja nicht, wenigstens ein erträgliches Ende bewirken? Jedenfalls müsste sie morgen die restlichen Beerdigungsformalitäten regeln, war doch heute die Leiche ihres Mannes von der Polizei freigegeben worden. Da war der Begräbnistermin mit dem Pfarrer abzusprechen, eine Anzeige aufzugeben, Freunden und Bekannten eine Benachrichtigung zu schicken, die Trauerfeier zu organisieren und so fort. Dafür brauchte sie Kraft. Sie merkte, wie ihre Gedanken immer langsamer wurden, Gott sei Dank. Dann hatte der Schlaf sie endlich übermannt.

Plötzlich drang der Lärm von Sunnys Feuerstuhl wie Donnergrollen an ihr Ohr. Der ging wohl auf Nummer sicher und holte sie zum erpressten Date persönlich ab. Jaqueline zog sich an und steckte noch schnell ein Messer in ihre Jackentasche. Im nächsten Moment war sie unten und stieg zu Sunny in den Wagen. „Ein Vorgeschmack wäre geil", kam der schnell zur Sache und machte den Gürtel seiner Pluderhose auf.

„Haben Sie die Briefe dabei?"

„Bist du so blöd, oder tust du nur so? Ich geb' doch meine Trümpfe nicht aus der Hand."

Sunny hatte sich entblößt und drückte ihren Kopf in seinen Schoß. Sie glaubte zu ersticken. Ekel machte sie wild. Plötzlich schwoll Sunnys Schwanz zu einem gewaltigen Rüssel an, der ihr unter Trompetenstößen eine ätzende Flüssigkeit ins Gesicht spritzte. Sie spürte, wie sich ihre Gesichtshaut auflöste. Blitzschnell stieß sie zu, wich zurück und war mit den Folgen ihrer Tat konfrontiert: Die Augen traten Sunny fast aus den Höhlen, ungläubig starrte er sie an, Blut ergoss sich aus seinem Bauch über

Rüssel und Schenkel auf die beigen Ledersitze der Nobelkarosse. Bevor noch diese Augen ihren Glanz verloren, hörte sie sich schreien: „Du Schwein, wo sind die Briefe? Sag es!“ Sunny fiel in Ohnmacht und Jaqueline erwachte schweißgebadet, ihr Atem pfiff – ein Horrortrip!

Was ihr aber sehr real vorkam, war das Fleischmesser, mit dem sie diese Sau abgestochen hatte. Unwillkürlich öffnete sie ihre Faust und spürte, wie sich etwas aus ihrer Hand löste. Die Furcht vor Sunny hatte wohl noch am Abend, bevor sie zu Bett gegangen war, völlig von ihr Besitz ergriffen. Da musste sie sich mit dem Stahl bewaffnet haben, jegliche Erinnerung daran war ausgelöscht.

Sie zuckte plötzlich noch einmal zusammen, sprang auf, rannte ins Bad und starrte in den Spiegel. Gott sei Dank, ihr Gesicht war heil, alles war nur ein Alptraum! Zugleich enthielt der aber auch eine klare Botschaft: Sie war dabei, ihr Gesicht und damit sich selbst zu verlieren, wenn sie nicht reinen Tisch machte. Zudem spürte Jaqueline intuitiv, wozu sie im Grunde fähig war und das schockte sie ein weiteres Mal. Abscheu und Hass könnten ihr die Hand zu einem Mord führen, voller Affekt zwar, aber mit festem Vorsatz. Ihr Kopf dröhnte, als ob neben ihr ein Jet seine Düsen aufheulen ließ. Ihr war hundeelend. Sie stand auf, nahm ein Aspirin und setzte die Kaffeemaschine in Gang. Der braune Trank, der in ihre Tasse floss, war plötzlich blutrot und aus der Crema stierten sie Sunnys leere Augen an. Ich verliere den Verstand, schoss es ihr durch den Kopf. Ganz langsam kam sie wieder zu Sinnen, trank ihren Kaffee und ließ frische Luft in die Küche.

Am Samstagmorgen war der Kommissar neben seiner bereits munteren Gefährtin erwacht. Der gestrige Abend mit ihr war kurz, aber sehr schön gewesen. Er war in ihren Armen eingeschlafen. Zu einer Liebesnacht war es nicht mehr gekommen, er war zu erschöpft und der Rote, ein Barolo aus dem Piemonte, den er zur Feier ihrer Rückkehr dekantiert hatte, wirkte wie eine stark anflutende Schlaftablette. Oder war da etwa etwas anderes? Jedenfalls musste er heute früh unbedingt bei Frau Bosch-Hallig vorbeischauen. Zum einen stand seit seinem Höhenflug auf Burg Guttenberg und nachfolgender Recherche eine Befragung an – noch einmal wollte er nicht auf Messers Schneide tanzen –, zum anderen hatte sie ihn gestern zu später Stunde noch versucht, auf dem Handy zu erreichen, aber nur einmal läuten lassen. Er hatte nicht zurückgerufen, da er sich den Abend mit Lea nicht von Beruflichem schmälern lassen wollte. Handy! Verdammt, er hatte das Handy von Frau Bosch noch nicht überprüft. Angeblich hatte sie ja in der Mordnacht ihren Mann mehrfach zu erreichen versucht. Was war nur los mit ihm? Jedenfalls schien der Messer stark unter Druck zu stehen, da die Presse endlich über den Ermittlungsstand zum Verbrechen an Geschäftsführer Bosch informiert werden wollte. Bis 12 Uhr musste der up to date sein. Es galt, schleunigst Daten und Deutungen aufzubereiten, viel Zeit hatte er nicht mehr.

Rasch fertiggemacht, ging er Croissants und Baguette bei *Grimminger* holen, die schmeckten fast so lecker wie in Frankreich. In der Wohnung zurück, hatte Lea den Frühstückstisch gedeckt und alles aufgeboten, was in seinem

Kühlschrank so zu finden war: ein halb volles Glas Bio-Himbeermarmelade, ein paar Scheiben luftgetrockneter Serano-Schinken, ein Stück Wildblütenkäse und einen Crème de Bourgogne, sein Lieblingskäse mit 72% Fett, der auf der Zunge zerging. Leisten kann sich den sein Bauch allerdings nicht, dachte sie. Doch wenn sie schon öfter nicht da war, sollte ihm halt der Gaumengenuss gegönnt sein, auf dumme Gedanken käme ihr Karlheinz gewiss nicht, da liebte er sie zu sehr und war überdies gut konservativ verklemmt! Karlheinz legte die Croissants und das Baguette in den Brotkorb, während Lea den Kaffee aus dem Automaten zog. Plötzlich drückte sie ihren Karlheinz so heftig an sich, dass dem Kommissar ganz heiß wurde. Vor die Alternative Lust oder Leib gestellt, fand der Ersteres nicht opportun. Sie frühstückten schweigend. Lea wußte zu gut, dass ihr Gefährte gerade seinen Fall durchging und dabei in Ruhe gelassen werden wollte.

„Wir sehen uns heute Mittag gegen eins, da müsste ich alles erledigt haben."

„Wie wärs, wenn wir dann in die Pfalz wandern gingen?"

„Prima, das machen wir!", und schon war er auf dem Sprung.

‚Als erstes fahr' ich nach Freudenheim zu Frau Bosch-Hallig', sagte er sich. ‚Was hab' ich da gesagt? Der Ort heißt doch Feudenheim, ein Freudscher Versprecher, was sollte denn das bedeuten?' Zur Selbstklärung war nun wirklich keine Zeit, er musste schnellstens dahin.

Die Haustür nur angelehnt, stand er sogleich vor ihrer Tür im ersten Stock. Es brauchte eine ganze Weile, bis sie nach dem Klingeln an die Wohnungstüre kam, barfuß und nur mit einem Morgenmantel bekleidet, das Haar ungekämmt, sie selbst ziemlich aufgelöst. „Entschuldigen Sie, ich bin noch wie benommen“, versuchte sie, sich zu erklären. Selbst in diesem Zustand entging dem Kommissar nicht, wie schön diese Frau war: Ein ovales ebenmäßiges Gesicht mit markanter Nase und blauen Augen, geschmückt mit langem, schwarzen Haar, der Bademantel verbarg kaum ihre vollen Brüste. Sie erinnerte ihn an die stolze Griechin Surmelina aus dem Film Alexis Sorbas, die sich mit dem englischen Schriftsteller Basil eingelassen hatte. Plötzlich enthüllte sich ihm der Sinn der Verschleierung arabischer Frauen. Bei solchen Reizen würde Orientalen glatt der Gaul durchgehen. Dass er auch noch Pferdestärken besaß, spürte er fast unangenehm. Er musste sich auf sein Anliegen konzentrieren.

„Nicht doch, ich habe mich zu entschuldigen, dass ich Sie so früh am Morgen einfach überfalle!“

„Besser Sie als Sunny“, seufzte sie den Tränen nah.

„Wie meinen Sie das?“, fragte er sichtlich irritiert.

„Ich wurde heut' früh von einem abscheulichen Traum geweckt, in dem ich diesen Zuhälter erstochen habe! Wegen Sunny versuchte ich Sie gestern Abend auch zu erreichen, machte dann aber einen Rückzieher, weil ich Sie so spät nicht mehr stören wollte. Kommen Sie doch herein.“

Sie bat ihn, sich in der Wohnküche zu setzen, während sie sich etwas überziehen würde. In ihrem Zustand war natürlich nicht daran zu denken, sie mit seinem Traum zu behelligen – in der Tat hatte er mit dem Gedanken gespielt, sie über dessen Sinn zu befragen –, zudem schien ihm der, gerade jetzt, viel zu intim. Eigentlich hatte er sich selbst schon vergewissert, was da in ihm vor sich gegangen war. Karlheinz Kautz war wieder Kommissar und schaute sich um: eine moderne Küche mit Fronten aus rotem Lack, ein Kochblock und Abzug in der Raummitte, die Sitzgruppe aus massiver gebürsteter Eiche, an der Wand ein großformatiges Bild einer Wüste, links der Anschein einer Oase, rechts beladene Kamele und Beduinen. So musste es auf Leas Tour ausgesehen haben, dachte er. Dann nahm er auf der Bank Platz, legte seinen Mantel neben sich und wartete. Plötzlich sah er Frau Bosch-Halligs Handy vor sich auf dem Tisch liegen, eine Szene wie in einem schlechten Krimi, dachte er, packte dennoch die Chance beim Schopf und checkte ihre Angaben. Sie hatte in der Tatnacht und am folgenden Morgen eine Handy-Nummer mehrfach angerufen. Ihr Telefonbuch gab preis, dass es die ihres Mannes war. Ihre Aussage stimmte also. Eigentlich hatte er nicht daran gezweifelt, doch er musste sich absichern. Noch in Gedanken versunken, kam Frau Bosch-Hallig wieder zurück und setzte sich ihm gegenüber an den Tisch. Sie trug jetzt ein marineblaues, hoch geschlossenes Kleid und ein schwarzes Longjacket darüber. Ihre Haare waren zurecht gemacht, das Gesicht dezent geschminkt. Sie hatte sich wieder gefasst.

„Es tut mir sehr leid, Herr Kautz, dass ich so spät damit herausrücke, aber ich kann nicht mehr. Mein Mann wurde von diesem Sunny unter extremen Druck gesetzt." – ‚Das darf nicht wahr sein, sie hängt doch mit drin, schoss es dem Kommissar durch den Kopf!' – „Und nun will der mich schamlos ausnützen, ein Alptraum!" Dann packte sie aus und erzählte ihm die Vorgänge der letzten beiden Tage, dazu die gemeine Erpressung ihres Mannes, Hintergrund ihres Horrors.

„Ich bereue zutiefst, dass ich bei Helmuts Beichte damals nicht darauf drängte, zur Polizei zu gehen. Der war so verzweifelt und unsere ganze Existenz schien in Frage gestellt, dass ich einfach nicht den Mut dazu aufbrachte. Ich weiß nicht, was wirklich geschehen ist, aber ich glaube, dass Helmut deshalb sterben musste."

„Wie kommen Sie darauf?"

„Ich habe bei ihm ein solches Maß an Hass auf diesen Sunny gespürt, dass ich mir ziemlich sicher bin: Er wollte den fertig machen. Mein Mann war ein sportlicher Typ und hatte jahrelang Karate gemacht, trug sogar den schwarzen Gürtel, Stufe fünf von zehn Meistergraden. Sein Motiv, sich mit dem Kampfsport notfalls selbst zu verteidigen, muss ihn verlassen haben. Ich glaube, Helmut wollte dem Schwein eine gehörige Lektion erteilen. Es muss zum Kampf gekommen sein, bei dem er den kürzeren zog, das fühle ich irgendwie. Der Zuhälter kam ja von Zeit zu Zeit ins *Tolle Haus*, um Anna abzukassieren und wer weiß, wozu sonst noch. Die Mitarbeiter des Hauses habe ich kennengelernt, das sind integre, engagierte Leute, die bringen niemand um. Natürlich hatte Helmut durch seine autoritäre Art sich die nicht zu Freunden gemacht. Mein Mann war zu ehrgeizig, er wollte dem Haus seinen Stempel aufdrücken, darüber hat er den Sinn für Teamarbeit und menschlichen Umgang verloren."

„Ihre Fürsprache für die Mitarbeiter Ihres Mannes ehrt

Sie natürlich. Der Verdacht, dass der Tod ihres Mannes mit Sunny in Verbindung stehen könnte, ist uns natürlich auch schon gekommen." Nach seinem heimlichen Handy-Check war der Kommissar zum zweiten Mal erleichtert. Jaquelines Geständnis klang glaubwürdig, seine gestrige Vision, sie selbst könnte die Täterin sein, verblasste im Licht ihrer Geschichte, wenngleich die ja aus Spekulationen bestand.

„Ich möchte zeigen, dass es mir ernst ist und will Ihre Arbeit unterstützen, so gut ich eben kann. Sunny erwartet mich heute Abend im Collini-Center, Apartment 212, um neun. Er ist total scharf, es dort mit mir zu treiben. Ich will, dass Sie mich begleiten und ihn fassen. Natürlich darf er vorher nichts davon mitbekommen."

„Danke, das weiß ich zu schätzen. Haben Sie eine Ahnung, ob er eine Schusswaffe hat?"

„Leider nein!"

Der Kommissar zögerte einen Moment. „Also gut. Ich werde heute Abend um halb neun bei Ihnen zweimal läuten, dann nehmen wir Ihren Wagen, meinen kennt Sunny schon. Wenn vorher irgendwas Seltsames passieren sollte, rufen Sie mich bitte sofort an. Benehmen Sie sich wie sonst auch. Ich danke Ihnen."

‚Der Fall Bosch hat eine überraschende Wendung genommen, vielleicht steht gar der Durchbruch bevor', dachte der Kommissar und fuhr eilends zum Treffen mit dem Staatsanwalt. Noch wusste er nicht, dass auch der Verdacht gegen Ottmar Müller stark geworden war. Wie gut, dass er Jacqueline Bosch-Hallig aufgesucht hatte und sie jetzt wieder von seiner Liste streichen konnte. Zudem faszinierte ihn diese Frau, bei ihr waren Verstand, Gefühl und Gestalt in schönster Form vereint, pathetisch formuliert, aber gleichwohl wahr. Mitunter hatte er auch Gedichte geschrieben, wenn ihn eine besondere Stimmung umgarnte. Auf dem Kommissariat wusste natürlich niemand davon, als Kripo-Poet wäre er nur zum Gespött geworden!

Was Frau Bosch-Hallig betraf, wurde er sich selbst fraglich. Benahm er sich in ihrer Gegenwart anders als sonst, zu wenig professionell? Hätte er ihr Verlangen, von ihm begleitet zu werden, nicht ablehnen müssen? War er zu gern in ihrer Nähe und vernachlässigte darüber Sicherheitsaspekte? War er gar in ihren Bann geraten? Ja, ja, da war schon was dran, die Dame hatte ihn verwirrt, wenn er ehrlich mit sich war, ziemlich betört. Er musste höllisch aufpassen, dass er im Fall Bosch objektiv blieb. Auch Lea gegenüber war Vorsicht angesagt, die konnte recht eifersüchtig werden, obwohl doch überhaupt kein Grund dafür vorlag. Gerade noch ertappte er sich dabei, wie er sich in die Tasche log.

Bevor er Lea kennenlernte, war gerade eine kurze Leidenschaft mit einer Sängerin des Nationaltheaters zu Ende gegangen, die stürmisch begonnen hatte. Nach einer umstrittenen Aufführung des Don Giovanni – die Inszenierung war ihm zwanghaft modern erschienen, anderen schien der Makel gar Anlass zu Buhrufen – hatte er ihr einen Strauß Strelizien auf die Bühne geworfen. Geschmeichelt schaute sie zu ihm auf, als ihre Lieblingsblumen von der Empore ihr zu Füssen fielen. Er nahm allen Mut zusammen und suchte sie sogleich backstage auf. Die folgende Nacht würde er nie vergessen.

Sie schlief noch, als er zu einer früh angesetzten Konferenz aufbrechen musste. In seiner Verzückung schrieb er ein kurzes Gedicht für sie und legte es ihr auf den Nachttisch. Es hieß *Morgenrot.* Seine Lippen bewegten sich wie von alleine:

In leuchtendes Rot
des jungen Tags
auf Alltagsspur eil' ich.
Wärme frischer Stunde
empfängt mich,
Vorbote des Feuers,
das mich ergreift,
heftig brennt.
Ich lasse mich
seiner Flamme.

Ein paar Monate später war er aus rauschhaftem Glück mit heftigem Kater erwacht. Seine Traumfrau hatte dem Sänger Siegfried ihr Herz geschenkt. Natürlich zapfte er alle verfügbaren Kanäle an, um zu hören, dass die Diva schon vor ihm mit diesem Bariton liiert war, doch in einer Krise steckte, als Kautz ihre Zuneigung gewann. Das exotische Flair eines Kripo-Poeten hatte wohl enttäuschte Sehnsüchte erfüllt, im schlimmsten Fall war er für sie nur eine Affäre gewesen, Laune einer lasziven Lolita. Zugegeben, es hatte ihn schwer erwischt, doch seine rationale Seite war ihm sehr zu Hilfe geeilt. Bei Lea durfte er die Sängerin, die er in zärtlicher Stimmung gern „mei goldiche Krott“ genannt hatte, aus dem Pfälzischen übersetzt „meine Süsse“, nicht erwähnen, wenn er nicht eine Szene riskieren wollte.

Als er beim Mannheimer Schloss einen Parkplatz fand, stoppte er sein intimes Selbstgespräch und konzentrierte sich ganz auf die anstehende Situation.

„Da sind Sie ja endlich, Herr Kautz“, begrüßte ihn der Staatsanwalt, der wie auf glühenden Kohlen saß, „Sie wissen doch, die Presse rennt mir die Türe ein.“

„Natürlich, Herr Messer, entschuldigen Sie, aber ich hatte heute Morgen noch eine Vernehmung, die meiner Meinung nach den Fall entscheidend weiterbringen wird. Wir haben jetzt eine absolut heiße Spur.“

„Sehr gut, geradezu hervorragend, ich wusste ja, dass ich mich auf Sie verlassen kann. Nun kommen Sie schon, machen Sie es nicht so spannend!“

Dem Drängen zum Trotz ließ sich der Kommissar die Zeit, den Fall noch einmal aufzurollen. Er beurteilte alle, die ein Mordmotiv – Pardon, noch war ja nicht geklärt, ob es wirklich ein Mord war! – hätten haben können: Der Hauschef und der Ex hatten sich ein Alibi gegeben, das er inzwischen glaubwürdig fände; Mitarbeiter Sattler und Bewohner Klaus seien aus dem Schneider; Ottmar Müller, der Bruder eines Hausbewohners, der sich suizidierte, werde gerade durchleuchtet – der könne durchaus Dreck am Stecken haben – und seit heute verschärfe sich der Verdacht gegen Sunny, der ja im *Tollen Haus* sein Unwesen getrieben und sich als kaltschnäuziger Erpresser erwiesen habe.

Die Frau des Toten zähle er nicht mehr zum Kreis der Verdächtigen. Seine Nachtaktion gegen den Zuhälter unter Beihilfe von Bewohnerin Klein streifte er nur kurz, wissend, dass sein Deal mit Sunny grenzwertig war. Der

Kommissar stellte abschließend in Aussicht, den Fall im Laufe der nächsten Woche endgültig klären zu können. Dann erlaubte er sich noch zwei persönliche Bemerkungen: Die Instrumentalisierung der psychisch kranken Anna – Messer zog neutrale Begriffe gefühlsbeladenen vor – fände er abscheulich. Jaqueline Bosch-Hallig sei zwar indirekt in den Fall verstrickt, unselig, wie er meine, ihre moralische Schuld sollte man aber mit ihrer famosen Hilfe bei den Ermittlungen verrechnen. Dass er mit ihr am Abend Sunny hochgehen lassen würde, verschwieg er, nicht dass sich der Messer noch in sein Vorgehen einmischte.

„Mein lieber Kautz, Sie haben einen guten Fang gemacht, ein Greif schlägt eben nachts zu ... ha, ha, ha! Nichts für ungut. Es hat sich also doch gelohnt, der Spur zu folgen, die Ihnen mein Scharfsinn gewiesen hat. Für die Pressekonferenz bin ich jetzt bestens gewappnet. Wollen Sie mit in die Schlacht ziehen?"

„Nein, nein, das machen Sie doch selbst stets mit Bravour!" – ein Argument, das bei dem mediengeilen Messer immer zog und dem Kommissar half, die missliebigen Pressetermine elegant zu schwänzen.

Der Kommissar eilte nach Hause, um sich mit Lea auf die anvisierte Pfalz-Tour zu begeben. Am südlichen Haardtrand kannte er einen Panorama-Weg vom Sankt Annahof oberhalb von Burrweiler, dem höchstgelegenen Weingut der Pfalz, über Gleisweiler, an der psychosomatischen Klinik vorbei, eine zauberhafte Lindenallee entlang bis nach Frankweiler. An diesem Weg standen gar noch zwei denkwürdige Bäume, eine Eiche von 1871, Zeichen des deutschen Siegs über Frankreich – Kollegin Liebig könnte ihm da gewiss historische Fakten um die Ohren schlagen – und eine Edelkastanie, die gar 600 Jahre alt sein sollte. Für Bäume konnte sich der Kommissar begeistern, sein Traum eine knorrige Olive im Garten des Hauses. Vielleicht würde er sich die zum näher rückenden sechzigsten Geburtstag schenken – mein Gott, der drohte ihm schon in fünf Jahren! Unterwegs die Weinstube *Zur Traube* angerufen, sagte der AB „aufgrund von Pächterwechsel geschlossen“, zu schade. Im letzten Herbst, als Lea mal wieder im Ausland war, hatte er dort eine Meerkreation goutiert: Petersfischfilet, Jakobsmuscheln und Lachs im Blätterteig an Rieslingsauce und Blattspinat. Zum Glück fiel dem Kommissar das *Robichon* ganz in der Nähe ein, ein Restaurant, das sogar der Guide Michelin pries. Da wollte er schon immer mal rein, allein das Preisniveau hatte ihn, den Schwaben, bislang abgeschreckt. Reflexhaft griff er nach seiner Börse und prüfte die Barschaft: 200 Euro, das müsste reichen! Trinken würde er natürlich Selters, ihm stand ja am Abend noch ein Polizei-Einsatz bevor, obwohl – durfte er sich am Wochenende nicht etwas gönnen? – die Wirkung eines Viertele zum Essen bis dahin gewiss verpufft war.

Lea freute sich, dass Karlheinz schon vor 13 Uhr zurück war. Sie hatte sich sportlich-chic gemacht und ihre beiden Wanderschuhe sowie eine Flasche Aqua naturale in eine Tasche gepackt, nur noch er musste sich umziehen. Und schon brausten sie in seinem Alfa über die A 650 Richtung Bad Dürkheim, nahmen am Ludwigshafener Kreuz die A 61, dann die A 65 bis zur Ausfahrt Edenkoben. Von hier aus war es nur noch ein Katzensprung bis Burrweiler. Beim Edesheimer Schloss fiel ihm ein, dass sie in seinen Gewölben mal einem Krimi-Dinner beigewohnt hatten. Lea fand das ganz amüsant, er schwor sich, einmal und nie wieder!

Nach einer Wanderung mit guter Sicht auf die Rheinebene bis hin zum Schwarzwald, begrüßte sie im *Robichon* ein Ambiente, das beiden auf Anhieb behagte: ein stilvolles Wohnzimmer, antik möbliert, mit Ziegelsäulen, Dielenboden und farbenfrohen Landschaftsbildern, die Tische weiß eingedeckt mit frischen Rosen. Beide wählten das Gleiche: Hausgemachte Nudeln mit Trüffel, Seeteufel-Medaillon an Topinambur-Knolle und Petersilien-Sauce, karamellisierte Äpfel mit Vanille-Eis, Sabayon und Trüffel. Ihr Wiedersehen sollte gebührend gefeiert werden. Das Dreigänge-Menu war preislich vertretbar und schmeckte superb. Der Chef selbst servierte mit Charme in französischem Accent, der Karlheinz an Pierre Brice erinnerte. Leider litt die Stimmung am unerbittlichen Ticken der Zeit, das vom Pendel einer Comtoise an der Wand gegenüber rührte und den Kommissar immer unruhiger machte. In Kürze würde sein Fall auf der Zielgeraden sein.

Pünktlich um halb neun abends läutete der Kommissar bei Frau Bosch-Hallig, die in schwarzem Mantel mit lila Schal auf ihn wartete. Sie schien gefasst und nicht die Spur von nervös. Auf der Fahrt zum Collini-Center machte er sie mit seinem Vorgehen vertraut, ansonsten sprachen sie nichts. Sie parkte ihren Golf in der Nähe des Hochhauskomplexes und ging alleine zum Haupteingang, wo sie innehielt, bis der Kommissar, der ihr unauffällig gefolgt war, sie erreicht hatte. Sie läutete bei Sunday, Apartment 212.

„Ja!"

„Jaqueline Bosch-Hallig hier."

„Bist du alleine?"

„Mein Mann ist tot, schon vergessen?"

„Hat dich ein gewisser Kautz gecheckt?"

„Wer soll das sein?"

„Der Bulle, der mit dem Fall betraut ist."

„Ich kann liebend gerne wieder gehen."

„Nein, nein, komm nur rauf! In der zweiten Etage links, rechts und wieder links."

Mit dem Lift ins zweite Stockwerk gefahren, wich der Kommissar nicht von Jaquelines Seite, lieber sollte ihm Sunny durch die Lappen gehen, als dass ihr was passierte. Es war jetzt eine Minute nach neun. Er flüsterte noch kurz den Einsatzbefehl für die Durchsuchung von Sunnys *Geisha-Glück* in sein Handy – den Beschluss hatte Staatsanwalt Messer nach seinem Bericht noch am Mittag erwirkt –, dann läutete Frau Bosch-Hallig die Klingel von Apartment 212 und trat gleich drei Schritte zurück, wie zuvor besprochen. Der Kommissar hatte sich an die

Wand neben der Türe geschmiegt, um aus dem Blickfeld des Spions zu sein. Als Sunny öffnete, sprang er mit gezogener Waffe nach vorne und legte ihm – den Überraschungsmoment nützend – sofort Handschellen an.

„Was soll die Scheiße!“, brüllte der Zuhälter.

„Na, na, na, Sunny-Boy, einem flotten Dreier bist du doch nicht abgeneigt“, höhnte der Kommissar, „oder möchtest du lieber gleich auf die Wache?“

„Nicht zu fassen, das ist ja Terror pur, Freiheitsberaubung und Hausfriedensbruch ist das! Leben wir jetzt in einem Polizeistaat? Ich will sofort meinen Anwalt sprechen!“

„Da der am Samstag zu so später Stunde für dich bestimmt keine Zeit hat, beginne ich mal das Gespräch.“

Der Kommissar schloss die Türe, „der Intimität wegen“, meinte er spöttisch und drückte den Zuhälter aufs Sofa. Er selbst und Frau Bosch-Hallig nahmen vis-a-vis auf den Sesseln Platz.

„Ich sag' gar nichts!“

„Kein Problem, wie gesagt, ich komme ja zur Sache. Wie ich sehe, hast du deine schwarze Lederjacke mit Fransen an, ist wohl deine zweite Haut.“

Und nun bluffte der alte Fuchs gewaltig: „Hattest sie ja auch an, als du den Gatten der Dame hier, die du unbedingt vögeln willst, vom Balkon des *Tollen Hauses* gestoßen hast!“

Sunny zuckte zusammen, biss sich aber auf die Zunge.

„Die kriminaltechnische Untersuchung wird den Lederfitzel, den ein Splitter des Balkongeländers aufgespießt hat, mit deiner Jacke vergleichen, und soll ich dir was sagen? Ich bin todsicher, der Fitzel passt genau zu ihr! Wir haben dich am Arsch! Du kannst höchstens das Strafmaß mildern, wenn du aussagst und man dir nicht jedes Wort aus der Nase ziehen muss. Zudem wird gerade dein Puff auf den Kopf gestellt und die versteckte Kamera im Chambre rouge beschlagnahmt, wie sicher noch manch anderes Illegale, zum Beispiel deine Erpresserfilmchen. Ich garantier dir's, meine Leute kannst du nicht einseifen!"

„Shit!", Sunny war wie vom Donner gerührt und der Kommissar über den Jargon verblüfft, der ihm so locker über die Lippen kam. Nach ein paar Schrecksekunden hatte sich Sunny wieder im Griff und fing mit Auspacken an: „Das mit dem Bespitzeln geb' ich zu, ist in unserer Branche nicht unüblich, aber mit dem Tod von diesem Bosch habe ich nichts zu tun, aber auch gar nichts! Es stimmt zwar, dass ich mit ihm Montagabend auf dem Balkon vom Irrenhaus Streit hatte. Der wollte nicht mehr mit ansehen, wie die Anna von mir benutzt würde, so ein Kack. Die fickte doch freiwillig und kam nicht schlecht dabei weg. Der Bosch schlug mir doch glatt ein Geschäft vor: ‚Lass die Finger von Anna und ich sehe davon ab, dich wegen Missbrauch einer psychisch kranken Frau anzuzeigen!' Kluger Kerl, dachte ich, aber nicht mit mir. ‚Wenn du mir die Kohle, die Anna gebracht hat, ersetzt und mir meinen Spaß nicht verdirbst, dann wird ein Schuh draus. Statt der Irren besorg ich's eben deiner Schlampe, die ist sowas von geil!'"

Frau Bosch-Hallig, die stumm zugehört hatte, schäumte blitzartig vor Wut: „Du gottverdammte Sau" schrie sie, stürzte sich auf Sunny, packte ihn am Hals und drückte zu. Der Kommissar hatte alle Mühe, sie von dem zappelnden Zuhälter wegzureißen, sie war außer sich. Sunny rappelte sich nur mühsam auf, das war selbst für ihn zu viel. Dann gestand er fast kleinlaut, dass Bosch auf dem Balkon genauso explodiert sei, als er Sex mit seiner Frau verlangte.

„Der warf sich mit Wucht auf mich, wollte mir glatt den Garaus machen. Ich konnte mich aus seinem Würgegriff befreien, es gab 'nen Zweikampf, bei dem ich dann gegen das Geländer krachte. Dabei muss was von meiner Lederjacke hänge geblieben sein. Ich war wirklich bedient und lenkte ein. Er könne seine Alte behalten, aber die Kohle sei fällig, fünfhundert pro Monat. Als ich abzog, war der Bosch noch quicklebendig. Danach war Polen offen für meinen Kumpel, der an der Pforte Schmiere stand. Der hatte noch 'ne Rechnung mit dem Bosch offen … muss ihn alle gemacht haben."

Das stinkt doch zum Himmel, dachte der Kommissar, der Hurensohn versucht seinen Kopf aus der Schlinge zu ziehen, indem er einen Kumpel als Mörder aus dem Hut zaubert. Das Lederfitzel wäre nach Sunnys Story kein Beweis für seine Schuld an Boschs Tod. Ein gerissener Hund, das musste man dem lassen, oder hatte der doch die Wahrheit gesagt? Jedenfalls war Sunny für sexuelle Nötigung einer psychisch Kranken und mehrfache Erpressung in Tateinheit mit Bespitzelung allemal dran. Dafür wären ein paar Jahre Knast fällig und die Menschheit derweil von einem Subjekt übelster Art befreit. Was Sunnys Beteiligung am Tod von Herrn Bosch anging, würde er nicht locker lassen und sich wie ein Bluthund an seine Fersen heften.

„Ihre Aussage steht und fällt mit diesem Kumpel. Wenn wir den nicht kriegen, hilft sie Ihnen gar nichts. Also, wer ist der Kerl?"

„Der nennt sich Kay und war ein paar Mal Kunde bei mir, laberte was von Rache wegen seinem Bruder, ehemals Insasse des Irrenhauses, dessen Selbstmord der Bosch nicht verhindert hätte. Da Kay mir was schuldete, musste er mit und beim Treff mit dem Bosch Schmiere stehen. Was der dann vom Zaun brach, weiß ich nicht, aber es sieht verdammt nach Blutrache aus!"

Der Kommissar war geschockt. Kay musste in Wirklichkeit Ottmar Müller sein, das lag jetzt auf der Hand. Nahm der Fall nun noch eine Wendung, oder log Sunny schamlos, um seinen Skalp zu retten? Wo er schon dachte, am Ende zu sein, stand er nun wieder am Anfang? „Vorerst sind wir miteinander fertig, Sunny!" Das war sein Stichwort für den Einsatz der beiden Polizisten, die der Kommissar für alle Fälle zum Apartment um neun bestellt hatte. Er öffnete die Tür und ließ die Beamten ein. „Abführen!", ein Befehl, den er mit ungewohnter Schärfe, fast mit Verachtung aussprach. Er selbst machte sich mit Frau Bosch-Hallig auf den Rückweg zu ihrer Wohnung. Dankbar überließ sie ihm das Steuer des Golf.

„Es tut mir sehr leid, dass die Situation in so scheußlicher Weise eskalierte. Ich hätte Sie nicht mitnehmen dürfen, verzeihen Sie!" Frau Bosch-Hallig schien abwesend. Hatte sie seinen Versuch der Entschuldigung überhaupt gehört? Auf einmal blickte sie auf.

„Ich glaube, ich habe diese Konfrontation gebraucht. Ich musste meinen abgründigen Hass spüren. Auch habe ich verstanden, wie sehr sich mein Mann diesem Zyniker ausgeliefert fühlte. Nein, nein, ich habe es selbst so gewollt."

„Danke! ... Kann ich etwas für Sie tun?", fragte der Kommissar besorgt. „In Ihrer Verfassung sollten Sie nicht alleine sein. Übernachten Sie doch bei uns, wir haben ein Gästezimmer mit separatem Bad."

„Nicht nötig, ich komme schon zurecht. Vielleicht rufe ich auch meine Freundin an, ich weiß noch nicht."

Sie waren in Feudenheim vor ihrer Wohnung angekommen. Der Kommissar zeigte sich als Kavalier alter Schule, öffnete Frau Bosch-Hallig die Wagentüre und drückte ihr mit einer kleinen Verbeugung die Hand. Kalt und nass zeugte die von Extremstress – wie könnte es auch anders sein!

„Sie haben ja meine Nummer, für alle Fälle."

„Danke."

Der Kommissar schaute ihr nach, bis die Türe hinter ihr zuschlug – sie hatte sich nicht mehr umgedreht. Der Akt hätte auch ganz anders ausgehen können, dämmerte ihm. Jaqueline Bosch-Hallig hatte Züge einer Amazone gezeigt, kriegerisch, ja tollkühn. Hätten sie die Oberhand gewonnen, wäre Sunny so oder so gefallen. Sie hätte ihren Mann gerächt, ohne Rücksicht auf Verluste und sich damit selbst um Jahre ihres Lebens gebracht. Ganz nah war sie dran gewesen, das spürte er, auch ohne ihren blutigen Traum zu kennen. Was sie letztlich davon abhielt, wusste sie vielleicht nicht einmal selbst. Da war es wieder, das alte Thema, die Seele als Kampfplatz unbewusster Mächte, das ihn bei griechischen Tragödien seit seiner Schulzeit in den Bann gezogen hatte.

Der Kommissar stand eine zeitlang wie abwesend da, den Blick auf das Haus der Boschs gerichtet. Mit innerem Auge hatte er sich erneut in die Winkel der Psyche getastet, von Menschen, die in den Sog eigener Strudel geraten waren. Für die Erforschung seiner Seele verblieb ihm dabei keine Kraft. Er stieg in seinen Wagen und fuhr nach Hause zu Lea, die wie immer bei riskanten Einsätzen ihres Karlheinz, von denen sie wusste, angespannt auf ihn wartete.

Nach einem ruhigen Sonntagmorgen mit kargem Frühstück gingen Karlheinz und Lea in Ladenburg spazieren. Die Stadt mit dem von Fachwerkhäusern gesäumten mittelalterlichen Marktplatz war immer wieder einen Besuch wert. Schon bald jedoch kehrten sie fröstelnd nach Hause zurück, für einen Frühlingstag war es leider viel zu kühl. Zudem regte sich bei Karlheinz der Hunger. Da er gestern im *Robichon* beim „Trüffeln und Süffeln" zugenommen, sein Geldbeutel hingegen merklich abgenommen hatte, wollte er heute Nachmittag selbst eine Kleinigkeit kochen, Gurken-Lachs-Suppe, nach einem Rezept des Gastronomiekritikers Wolfram Siebeck, das er aus der *Zeit* hatte, als er diese noch regelmäßig las.

Die Gurken entkernt, gewürfelt, gekocht und passiert, den angebratenen Lachs, den er schon am Donnerstag für das Wochenende mit Lea gekauft hatte, in kleinen Stücken dazugegeben und mit Salz, Pfeffer, Curry, Dill sowie mit Zitronensaft – nach Siebeck sehr wichtig – abgeschmeckt. Dazu reichte er das Baguette vom Vortag, aufgebacken, ofenfrisch, wie er sagte! Der Kripo-Koch grinste über solche Schönfärberei! Lea lobte seine Kochkunst, beide aßen mit Genuss und tranken ein Glas Gewürztraminer dazu, dezente Süsse zur feinen Säure der Suppe. Den Abend verbrachten sie gemütlich auf der Couch, nach ein paar Wüsten-Stories jeder mit einem Buch und zusammen mit dem Rest der Flasche Wein.

Lea liebte Bukettweine, und Karlheinz hatte genau diesen Gewürztraminer aus dem Weinkeller ausgesucht, die letzte Flasche eines Weinguts aus der Südpfalz, das vor ein paar Jahren nach dem Tod des Winzers verkauft worden war. Der Spezialist für Gewürztraminer – wo immer der Winzer Weine präsentierte, erhielt er Spitzenpreise –, hatte sich eines Tags zum Entsetzen des Dorfs mit seinem Jagdgewehr erschossen. Wie man dort erzählte, litt er an Depressionen und sah wohl keinen Ausweg mehr. Täuschte er sich, oder hatten psychische Krankheiten ziemlich zugenommen? Das würde er Dr. Lichter beim nächsten Treffen mal fragen – und er hatte fest vor, ein solches in die Wege zu leiten.

Ihr Wochenende ging, durch den Arbeitseinsatz verkürzt, viel zu schnell zur Neige. Sie kuschelten sich aneinander, Karlheinz fiel sofort in Tiefschlaf, während Lea die Flut von Eindrücken, die jüngste Wüstentour wie der aufregende Fall ihres Partners, noch eine Weile wach hielt.

Am Montagmorgen noch kaum im Kommissariat präsent, überfiel Peter Maier den Kripo-Chef regelrecht mit seinem Bericht über den verkorksten Freitagnachmittag, die vergebliche Festnahme von Ottmar Müller und Mimi Seligs Anzeige. „Leider kam die ein, zwei Stunden zu spät, sonst säße der jetzt sicher in U-Haft", wurmte es den Maier erneut. Was Frau Selig widerfuhr, machte deutlich, dass dieser Ottmar über ein Gewaltpotential verfügte, das Sunnys Story recht zu geben schien, der Ottmar hätte den Bosch auf dem Gewissen. Dennoch musste er sich vor zu schnellen Schlüssen in Acht nehmen, dem aalglatten Zuhälter konnte man nicht über den Weg trauen. Ottmars Vernehmung und vielleicht auch seine Verhaftung würde er diesmal selbst in die Hand nehmen.

Sofort machte sich der Kommissar auf den Weg zu den Müllers ins Niederfeld, einem ihm bislang ruhig erschienenen Stadtteil Mannheims. Der arbeitslose Junior würde am Morgen sicher noch das Bett hüten. So war es denn auch. Mutter Müller vertröstete den Kommissar ein paar Minuten, bis sich der Filius angezogen hätte. Die Zeit verging, doch der erschien nicht. Plötzlich sprang der Kommissar auf und suchte nach ihm. In Ottmars Zimmer stand das Fenster weit offen. „So ein Seggel, so ein bleeder" – ein blöder Arsch eben –, fluchte der Kommissar, vor Schreck ins Schwäbische rutschend. Im nächsten Moment entdeckte er den Junior, wie er zur Straßenbahnhaltestelle rannte. Der Kommissar stieß Frau Müller um, die ihm ins Zimmer ihres Sohns gefolgt war, flog fast die Treppe runter, warf sich in den Alfa und jagte mit quietschenden Reifen zur Haltestelle. Zu spät, Ottmar war schon in der Linie 3, die Türen hinter ihm geschlossen. Bevor die Bahn noch richtig auf Touren kam, stellte der Verfolger seinen knallroten GT mit kreischenden Bremsen vor dem Triebwagen quer und sprang heraus. Der Fahrer öffnete die Tür und tobte, verschluckte aber seine Wut, als er den Dienstausweis des vermeintlichen Verkehrs-Rowdys sah. Blitzschnell nützte Ottmar die Chance und sprang aus der hinteren Wagentüre, ehe der Fahrer die wieder verriegelt hatte. Die folgende Jagd zu Fuß wäre zum Scheitern verdammt gewesen, wäre nicht der Zufall zu Hilfe geeilt. Karlheinz Kautz, 55 Jahre auf dem Buckel, erwies sich dem Endzwanziger, der zudem von Panik gepackt zur Höchstform auflief, sportlich in keiner Weise gewachsen. Mit hängender Zunge wollte der altgediente Recke schon die Waffen strecken, als dem Verfolgten aus einer Gehwegkurve ein junger Kerl auf dem Skateboard entgegen flitzte und weder rechtzeitig stoppen noch ausweichen konnte. Beide stürzten zu Boden. Ottmar musste sich am Fuß verletzt haben, denn als er weiterhetzte, hinkte er und geriet so doch noch in die Fänge von Kautz, der ihn vorsorglich in Handschellen legte.

Die Begleitmusik zum Showdown spielte der Straßenbahner, der mit seiner Klingel Sturm läutete. Der Kommissar fluchte, stand sein Alfa doch noch auf den Schienen. Er schnappte Ottmar am Arm und lief, so schnell es mit dem Hinkebein eben ging, zu seinem Wagen zurück. Die Fahrgäste drängten sich an den Fenstern und verfolgten die Szene. Sowas gab es nicht jeden Tag, eine echte Verbrecherjagd direkt vor ihren Augen! Die Bewunderung half dem Kommissar über sein Seitenstechen hinweg, das er sich natürlich nicht anmerken ließ. Unsanft schubste er Ottmar auf den Rücksitz, setzte sich hinters Steuer und betätigte die Kindersicherung. Auf dem Weg ins Kommissariat sprach der fixierte Fahrgast kein einziges Wort. Dann im Vernehmungsraum nahm ihm der Kripo-Held die Handschellen ab. Ottmar Müller saß dem wie versteinert gegenüber.

Die herablassende Eröffnung ‚So schnell sieht man sich wieder!' verkniff sich der Kommissar und kam sofort zur Sache: „Herr Müller, Sie werden verdächtigt, den Tod von Helmut Bosch verursacht zu haben. Sie haben ein Tatmotiv, kein Alibi für den Tatzeitpunkt und werden jetzt auch noch durch Herrn Herzog, alias Sunny, schwer belastet. Sie sollen diesen am Tatabend zum *Tollen Haus* begleitet haben und für ihn Schmiere gestanden sein. Nach Sunnys Streit mit Herrn Bosch seien Sie im Haus verblieben, in der Absicht, sich für den nicht verhinderten Suizid Ihres Bruders zu rächen."

„Das stimmt nicht, ich habe dem Bosch nichts getan, ich schwörs!", Ottmar schrie es heraus. „Dieses Schwein! Der hat mich in seinem Puff brutal zusammengeschlagen und auf die Straße geschmissen. Glauben Sie dem etwa mehr als mir?"

Der Kommissar war hin und her gerissen. Sunnys Aussage war recht konkret und belastete den Müller. Andererseits gab es keinen Beweis dafür, dass der sich am Tatabend im *Tollen Haus* aufhielt, außer dem Wort eines Zuhälters, der selbst nachweislich am Tatort war und zudem kriminell unterwegs zu sein schien, was sein Bordell wie das Ehepaar Bosch betraf. Hatte Sunny ihn auf eine falsche Fährte gelockt, um die eigene Haut zu retten? Dennoch lockerte der Kommissar seinen Griff nicht.

„Herr Müller, dass Sie gegen die Prostituierte Selig gewalttätig wurden, spricht nicht gerade für Ihre Glaubwürdigkeit. Was haben Sie dazu vorzubringen?“

Ottmar blickte starr vor sich und schwieg.

„Natürlich kann ich Sie auch gleich dem Haftrichter vorführen lassen, aber Kooperation wäre der Sache dienlicher, vor allem natürlich Ihnen selbst.“

Endlich gab sich Ottmar einen Ruck, schaute dem Kommissar verstört in die Augen und begann zu reden: „Seit einiger Zeit kenn' ich mich selbst nicht mehr. Ich bin leicht gereizt und aufbrausend. Was bloß mit mir los ist?“

Der Kommissar hielt nachfolgende längere Pause aus.

„Ich geb' zu, dass ich Mimi geschlagen und sogar gedroht hab', aus dem Fenster zu werfen. Das hätt' ich aber nie gemacht, das müssen Sie mir glauben.“

„Die Bewertung Ihrer Tat obliegt dem Richter, meine Meinung spielt dabei keine Rolle. Ich kann Sie nur ermuntern auszupacken, das wird Sie entlasten und Ihnen im Prozess zugute kommen.“

„Manchmal überkommt mich geradezu ein Hass auf Frauen“, fuhr Ottmar zerknirscht fort, „da könnt' ich mich fast vergessen, bei der Mimi hab' ich's dann auch. Das tut mir echt leid, Scheiße ... die ist eigentlich schwer in Ordnung.“

Nun fiel der Kommissar wieder mal aus dem rechtlichen Rahmen und überließ sich seinem kriminalistischen Instinkt, oder sollte man es besser humane Intuition nennen? Natürlich hatte er auch Mitleid mit dem Müller.

„In meinen Ohren klingt das so, als ob Sie dringend Ihr Innenleben sortieren sollten. Sie kennen doch den Dr. Lichter, vielleicht versuchen Sie es mal bei ihm."

Ottmar Müller antwortete nicht, er war erneut in sich versunken.

„Ich nehme Ihr Geständnis zum Anlass, Sie jetzt nicht festzunehmen, muss Ihnen aber sehr nahelegen, sich zur Verfügung zu halten und vor allen Dingen therapeutische Hilfe aufzusuchen."

Der junge Mann sprang elektrisiert auf, die Worte des Kommissars mussten für ihn außerirdisch klingen: „Das tu' ich, wirklich, versprochen!"

Kommissar Kautz aber nahm das Risiko eines brenzligen Irrtums in Kauf und – sollte er sich getäuscht haben – den nächsten Rüffel des Staatsanwalts, der diesmal disziplinarische Folgen haben könnte. Warum nur tat er das? Hätte er den Müller nicht festnehmen müssen? Sunnys Aussage begründete doch den Verdacht, dass Ottmar als Komplize des Zuhälters zur Tatzeit im *Tollen Haus* gewesen war, und zudem lag nachweislich Fluchtgefahr vor! Andererseits hatte der Haftrichter U-Haft für Ottmar im Fall Bosch schon einmal abgelehnt, darauf könnte er sich notfalls berufen. Dass Ottmar gerade jetzt mit sich ins Reine kam, fand er auf jeden Fall wichtiger, als ihn wegzusperren. Wieder mal betrat das Kriposchwergewicht sehr dünnes Eis.

Nach Erledigung der Formalitäten machte sich Ottmar

Müller, wie er es dem Kommissar versichert hatte, sofort auf den Weg ins ZI, er wollte das Nötige diesmal nicht aufschieben – eine Schwäche von ihm, wie er nur zu gut wusste – und den Lichter fand er eigentlich nicht übel. Als der Psychiater und Psychotherapeut den schwer bedrückten Mann sah, räumte er ihm noch am selben Tag eine Gesprächsmöglichkeit ein. Da sein Terminplan voll war, würde er eben eine Stunde länger bleiben, Dr. Lichter war ein Profi mit ärztlichem Ethos, der ab und zu gab, wenn es nötig schien.

Die interne Trauerfeier für Geschäftsführer Bosch fand Dienstagvormittag statt, acht Tage nach seinem Tod, aber noch vor der Beerdigung. Vereinsvorstand und Personal war nach einem offiziellen Abschluss des traurig-dunklen Kapitels zumute. Frau Bosch-Hallig willigte ein, ins *Tolle Haus* zu kommen, woran dem Vorstand sehr gelegen war, das Begräbnis ihres Mannes aber wollte sie nur im engsten Familienkreis begehen.

Der große Saal des Hauses war gerammelt voll. Fast alle Betreuten, Langzeitkranke, Rehabilitanden und auch die von den Wohngruppen außerhalb waren gekommen, an die Hundert. Dazu Mitarbeiterinnen, Mitarbeiter und der Vorstand. Auch Ex-Chef Gerd Helfinger war nach innerem Ringen erschienen, mehr zum eigenen Frieden als zur letzten Ehre für den Toten. An einem Tisch ganz vorne hatten Frau Bosch-Hallig mit ihrer Freundin Jutta, der Kommissar und Lea, sowie Kurt Leidner mit Ehefrau Heike Platz genommen. Es würde einen offiziellen Teil mit wenigen Reden geben, anschließend Kaffee und eine reiche Auswahl von Kuchen, den Hauswirtschafterin Inge mit ihrer Truppe gebacken hatte, den Hauswirtschaftshilfen und der Kochgruppe der Bewohner und Bewohnerinnen. Für die geschmackvolle Deko hatte Betreuerin Katharina gesorgt, bei der Vorbereitung von Festlichkeiten wie immer ein Segen für das Haus. Den Blumenschmuck hatte der Vorstand kommen lassen: weiße Lilien mit Gerbera, rot und orange, zu beiden Seiten des Rednerpults, hinter dem das Vereinslogo thronte.

Zur Einstimmung hatte es sich der Musiktherapeut des Hauses nicht nehmen lassen, eine Kollegin am Klavier zu begleiten, die sich mit dem anrührenden Lied *It's Time to Say Goodbye* mit Andrea Bocelli in die Herzen der Zuhörer sang. Einige schluchzten, andere wischten sich die Tränen aus den Augen und schnäuzten in ihre Taschentücher. Nach einer Schweigeminute trat der Vorstandsvorsitzende ans Rednerpult: „Wir trauern heute um unseren Geschäftsführer Helmut Bosch, der so jäh aus dem Leben gerissen wurde. Die Umstände seines Tods sind letztlich noch nicht geklärt. Wir müssen aber annehmen, dass er einer Gewalttat zum Opfer fiel. Herr Bosch war ein Mann mit Weitblick, mutig, entschlossen, neue Wege zu gehen, sehr bestimmt, wenn es galt, das Haus zukunftsfähig zu machen."

Gerd Helfinger fragte sich, ob das wohl eine diplomatische Wendung dafür war, dass der Bosch ein straffes Regiment führte? Vielleicht sogar kritisch gemeint? Nein, das glaubte er nicht. Zu seiner Zeit hatte er mehrfach versucht, den Vorstand auf den selbstherrlichen, fachlich riskanten Stil von Herrn Bosch aufmerksam zu machen, leider ohne Erfolg. Gerds Selbstgespräch führte ihn in die Ära vor Bosch zurück, die ihm heute als ‚Golden Age' erschien, wobei die gesetzten Worte des Redners immer leiser wurden, bis sie ganz verklangen …

Erst der nachfolgende Beitrag des Hausbeiratsprechers, ein junger Mann namens Max Schröder, ließ ihn wieder aufhorchen. Nach üblicher Trauerrhetorik, vom „beurlaubten" Germanistik-Studenten gut beherrscht, wagte der sich als einziger Redner an ein heißes Eisen: „Wir möchten Herrn Bosch Anerkennung zollen, dass er sich immer wieder im Haus sehen ließ und nicht nur fernab die Fäden zog. Er war ein Gipfelstürmer, im Urlaub, aber zuallererst in beruflichem Gefilde. Dabei blieb nicht aus, dass beim Drang nach oben das Seil, das ihn mit seiner Seilschaft verband, strapaziert wurde. Jetzt ist es gerissen! Verzeihen Sie mir diese kritische Einlassung, natürlich kenne ich die Maxime *de Mortuis nihil nisi bene*, „Über die Toten nichts als nur Gutes“. Ich bin mir sicher, dass das Haus beim bisherigen Chef, Herrn Kurt Leidner, den ich ein Jahr lang kennen und schätzen gelernt habe, weiterhin in besten Händen sein wird ...“

Donnerwetter, der ist aber mutig, dachte Gerd, ein Glücksfall für den Beirat. Aus einer Kaffee-Plauderei mit Max wußte er, dass der wegen seiner Erkrankung das Studium unterbrechen musste. In der Reha im Haus begann er umzudenken. Die Wunschkarriere zum Journalisten wäre zu stressig für ihn, aber eine Lektortätigkeit im Verlag könnte er schaffen. Damit hoffte er, Rückfälle in die Erkrankung zu vermeiden, wie ihm auch in der Psycho-Gruppe des Hauses nahegelegt wurde. Mit einer Träne im Knopfloch – ein Wort aus der Novelle *Tonio Kröger* von Thomas Mann – wollte sich der belesene Max von seinem Traumberuf verabschieden.

Zur Überraschung vieler ergriff Frau Bosch-Hallig als nächste das Wort: „Sehr verehrte Trauernde, es ist mir ein Bedürfnis, einige Worte an Sie zu richten, obwohl es mir in meiner Situation nicht leicht fällt. Sie haben Ihren Geschäftsführer, ich meinen Mann verloren. Natürlich kann ich das Werk von Helmut nicht fortsetzen, aber doch wenigstens fördern. So habe ich ein Konto mit 70 000 Euro für das Haus eingerichtet.“

Auf einmal hörte der Kommissar zwei Stimmen, nebst der Rednerin auch eine im Kopf: ‚Das macht sie richtig gut. Das hilft dem Haus, wie auch ihr, damit kann sie auch ihr schlechtes Gewissen beruhigen, eine kluge Frau!'

„Das Geld soll dem Zweck dienen, Projekte mitzufinanzieren, die der Qualität der Betreuung im Haus dienen, wohl gemerkt, kein Zuschuss zum laufenden Betrieb. Das Geld ist jederzeit bei mir abrufbar nach Vorlage einer Projektskizze, die ich mir zu prüfen erlaube."

Nun war es Kurt Leidner, der zweistimmig hörte: ‚Clever gemacht! Das Geld kann so nicht einfach ins Budget des Hauses einfließen und letztlich über die Abführung an den Verein anderen Projekten zugute kommen, alle Achtung!'

„Ich weiß, dass ich damit im Sinne meines Mannes handle. Ich danke Ihnen für Ihre Aufmerksamkeit."

Wieder wurde die übliche Etikette verlassen, die Anwesenden klatschten Beifall, einige standen dabei sogar auf, während sich Frau Bosch-Hallig so rasch, wie sie hinters Rednerpult getreten war, wieder an ihren Platz setzte, sich schnäuzte und zum Wasserglas griff. Auch der Kommissar klatschte mit, nach all dem, was sie durchgemacht hatte, zeigte sie Haltung und auch noch Fürsorge, bewundernswert!

Es war Zeit, das Kuchenbüfett zu eröffnen, was wieder Inge tat, die ja auch die Arbeit damit hatte, und nicht wie zuvor der Boss, der sich immer gerne in den Vordergrund gespielt hatte. Regie im Hintergrund führte diesmal Kurt Leidner. Leckerer Kuchen würde bei traurigem Anlass die Stimmung heben, ein Leichenschmaus lebte ja von jeher aus der Erfahrung, dass Gefühle auch durch den Magen gehen. Da gab es Donauwellen, für das Haus die ersten Erdbeerschnitten des Frühjahrs – natürlich mit Sahne –, gedeckten und versunkenen Apfel-, Marmor- und Rüblikuchen, Linzer Torte, und, der Kommissar traute seinen Augen nicht, Engadiner Walnusskuchen, sein absoluter Favorit. An seinem Tisch entstanden nette Gespräche, er selbst steuerte eigene kulinarische Highlights bei, wie das jüngst im Café der exquisiten Elsässer Konditorei Reber in Weißenburg: feinste Mini-Törtchen für Auge und Gaumen, narrative Vollendung der Kuchenpalette des *Tollen Hauses*. Über Stories und Süssem entspannte sich langsam die Situation.

Allein Kurt Leidner war schweigsam geblieben, bis auch er zu reden begann:

„Bei mir gibt es Neues. In meinem seelischen Tief wollte ich nur noch weg von hier, bis ich jetzt wirklich gekündigt hab', ich weiß, in einem prekären Moment."

‚Er formuliert vorsichtig, weil er Frau Bosch-Hallig nicht kränken will', dachte Gerd.

„Mein Selbstwertgefühl, das schon immer eng mit der Arbeit verknüpft ist, liegt am Boden. Es ist einfach zuviel für mich schiefgelaufen. Doch der Vorstand bedrängte mich zu bleiben. Wenn ich unbedingt eine Auszeit bräuchte, bekäme ich die. Danach aber sollte ich in Gottes Namen meine Arbeit wieder aufnehmen.

So flieg' ich in 14 Tagen nach Kathmandu für zirka drei Monate. Dort hoff' ich, wieder zu mir zu kommen. Vielleicht kann ich auch helfen, die Schäden des letzten Erdbebens in den Bergen Nepals zu beheben, meine inneren

Schäden hoffentlich auch! Danach mach' ich weiter, ich will das Haus ja nicht im Stich lassen, vielmehr an die gute Tradition anknüpfen", dabei warf er Ex-Chef Gerd einen vielsagenden Blick zu.

„Zwei Sachen allerdings hab' ich zur Bedingung gemacht: Erstens eine Programmänderung: Nur die fitteren Bewohner und Bewohnerinnen arbeiten künftig in den Vertragsfirmen des *Tollen Hauses,* die schwächeren dürfen in der Beschäftigungstherapie bleiben, und zweitens eine neue Stellenbeschreibung, die meine Kompetenzen erweitert, insbesondere die Verantwortung für Konzeptionelles festschreibt, die Rolle des Handlangers will ich nicht mehr spielen! Zu meiner Verblüffung akzeptierte der Vorstand sofort. Er hat mich sogar gebeten, einen Entwurf zu machen, der dann mit ihm abgestimmt würde, und zwar noch vor meinem Abflug. Es klingt echt nach Neuanfang für mich."

„Das finde ich jetzt aber spitze, Kurt", Gerd konnte sich nicht mehr halten und klopfte seinem Nachfolger freudig auf die Schulter. „Wenn du willst, helf' ich dir bei dem Entwurf."

„Deine Erfahrung kann ich gut gebrauchen. Wie wär's, ich lad' dich heut Abend zum Essen ein, Heike ist ja aus Mallorca zurück und will meine Lieblingspizza backen, du kennst sie, die ist richtig scharf – ich mein' natürlich die *Pizza diavolo,* obwohl ...", alles lachte.

„Sehr gerne!"

Während die beiden klüngelten, klingelte das Handy des Kommissars. Er stand auf und entfernte sich ein paar Meter vom Tisch: „Ja ... ach, Herr Staatsanwalt." Er dämpfte seine Stimme, war aber dennoch zu hören. „Wie, Sie brauchen mich, wenn's geht sofort? Ich bin aber gerade schwer abkömmlich ... was das heißen soll? Ich bin auf der Trauerfeier für Herrn Bosch vom *Tollen Haus* ... Natürlich kann ich Dienstliches von Privatem trennen. Jetzt machen Sie aber mal einen Punkt, das ist ja ... "

Jaqueline Bosch-Hallig mischte sich ein. „Ich könnte später Ihre Frau nach Hause bringen, Herr Kautz. Wär' das o.k. für dich, Lea?" Offenbar hatten sich die beiden Frauen bereits angefreundet. Lea nickte. „Fahren Sie halt in Messers Namen", lächelte ihn Jacqueline an.

Die Miene des Kommissars hellte sich schlagartig auf. „Also gut, Herr Staatsanwalt, ich bin in zirka 30 Minuten bei Ihnen."

„Das ist ja nicht zu fassen“, empfing Staatsanwalt Messer den Kommissar, dessen gute Laune jäh abstürzte. „Erst jagen Sie den gewalttätigen Müller, dann lassen Sie ihn einfach wieder laufen. Können Sie mir das erklären? Obendrein übersehen Sie, dass der Fall Mimi Selig eine Verbindung zum Verbrechen an Geschäftsführer Bosch haben könnte, unglaublich!“

Er hatte den Kommissar an seinem wunden Punkt erwischt. Wieder etwas ruhiger, fuhr der Staatsanwalt fort: „Wir müssen jetzt also von einem Komplizen des Zuhälters mit Namen Kay ausgehen, der irgendwie in die Sache Bosch verwickelt ist; der für ihn Schmiere gestanden und vielleicht sogar entscheidend nachgelegt hat, Sie wissen, was ich meine! Natürlich ist das noch spekulativ ... Wir müssen dringend diesen Kay finden, der ist der Schlüssel zu unserem Fall!“

„Ich hab' ihn bereits gefunden, Herr Staatsanwalt, Kay ist in Wirklichkeit Ottmar Müller!“

Das Gesicht des Staatsanwalts wechselte schlagartig die Farbe. Mit knallroter Birne schrie er den Kommissar an: „Was sagen Sie da?“

„Die Prostituierte, die Kay wegen Körperverletzung und der Drohung, sie aus dem Fenster zu werfen, anzeigte, hat ihn eindeutig identifiziert. Ottmar Müller gab sich im Rotlicht-Milieu als Kay aus, so hieß sein Bruder, der sich vor einiger Zeit von einem Hochhaus gestürzt hat. Wie Sie wissen, gab Ottmar dem Bosch für den Suizid seines Bruders die Schuld und wollte, dass der dafür büßt.“

„Ein perfektes Mordmotiv“, stöhnte der Staatsanwalt. „Also doch nicht der Zuhälter! Mein Gott, sind Sie von allen guten Geistern verlassen, einen Mordverdächtigen auf freien Fuß zu setzen! Und wie stehe ich jetzt vor der Presse da, wo ich den Fall Bosch als weitgehend geklärt verkauft habe? Aufgrund Ihres Berichts, Herr Kautz, nota bene! Auf Ihr Konto geht das, Sie, Sie ... Verbrecher-Versteher!"

Der Messer hatte sich in Rage geredet, Kommissar Kautz wusste, dass man den jetzt gehen lassen musste. Hoffentlich traf sein Gespür auch diesmal zu, sonst würde das dünne Eis brechen. Für eine Versetzung in den Ruhestand fühlte er sich aber noch viel zu jung. Richtig mulmig wurde ihm beim Gedanken an eine solche Konsequenz. Mit den aus der Luft gegriffenen Worten „wird gemacht" verließ er schleunigst den kritischen, ja peinlichen Ort und rief noch auf dem Weg zum Kommissariat die Müllers an.

Wie üblich war die Mutter dran und teilte mit, dass ihr Sohn nicht da sei. Wenn sie es richtig verstanden habe, sei der unterwegs zu ihm. Er hätte sich gestern Abend in der Küche lange mit ihrem Mann unterhalten, während sie einen Film guckte. Worte wie „mein Gott Ottmar, warum machst du nur sowas?", „das musst du ihm sagen!", hätte sie durch die angelehnte Tür gehört. Genaueres wisse sie nicht, ihr Mann wollte nicht mit ihr drüber reden. Vor einer halben Stunde sei Ottmar gegangen, die Worte auf den Lippen „Vielleicht schau' ich mal beim Kautz vorbei."

Verflixt und zugenäht! Sollte Ottmar doch der Täter gewesen sein, nicht auszudenken, der Kommissar bekam weiche Knie. Andererseits, wenn der ihn freiwillig aufsuchte, spräche das im Grunde für ihn ... und tatsächlich, als er im Präsidium eintraf, saß Ottmar Müller bereits im Warteraum, sein Gesicht schuldbewusst.

„Tag Herr Müller, Sie wollen zu mir?"

„Ja, ich muss Sie dringend sprechen!"

„O. k., kommen Sie mit." Das andere Zeug, das anstand, musste warten. Das hier hatte höchste Priorität.

„Also gut, was gibt's Neues?"

„Es tut mir sehr leid, aber ich hab' voll Scheiße gebaut und das bisher verschwiegen." Der junge Mann war völlig fertig, er begann zu schluchzen und konnte nicht weitersprechen. Die Nerven des Kommissars lagen blank. Endlich hatte sich Ottmar wieder gefasst. „Ich war mit Sunny im *Tollen Haus*, als Herr Bosch dort zu Tode kam!"

„Was sagen Sie da?", unterbrach ihn der Kommissar entsetzt, „Sie waren wirklich dort und sogar Sunnys Komplize!"

„Ja und nein, ich war dabei, bin aber nur bis zur Pforte mitgegangen. Sunny wollte, dass ich dort Schmiere stehe, während er den Bosch in die Zange nehmen würde. Ich hab' mit dem Pförtner, es war der Horst, der kannte mich, weil ich damals Kay öfter im Haus besucht hab', also ich hab' mit ihm gequatscht und ihn abgelenkt, dass Sunny unerkannt ins Haus kam."

„Und das soll ich Ihnen jetzt abnehmen?"

„Ich weiß, das klingt echt schräg, aber es ist die Wahrheit. Da an jenem Abend nicht viel los war, ließ sich Horst zu einem Kaffee überreden. Wir haben zwei Tassen Cappuccino in der Sitzecke bei der Pforte getrunken und auch noch ein, zwei Selbstgedrehte geraucht. Nach zirka fünfzehn Minuten sah ich aus den Augenwinkeln, wie Sunny sich wieder auf und davon machte. Um den Dreh bin ich auch gegangen, es muss kurz vor Neun gewesen sein, denn Horst wollte gleich drauf das Haus abschließen. Er hatte den letzten Pfortendienst und der war rum. Was zwischen Sunny und dem Bosch passiert ist, weiß ich nicht. Ich schwör's!"

„Warum haben Sie das nicht früher gesagt?" Ein Fels fiel dem Kommissar vom Herzen. Obwohl Ottmar mit dem Geständnis spät dran war, kam es freiwillig und dazu war es nachprüfbar.

„Ich wollte da nicht mit reingezogen werden, schließlich ist der Bosch dabei draufgegangen."

Verständlich, dachte der Kommissar, vielleicht wollte er aber einfach nur an Ottmars Unschuld glauben. Er musste das schnell checken.

„Hatten Sie seit diesem Montagabend noch einmal Kontakt zu Sunny gehabt?"

„Nein, der Arsch kann mich mal! Ich mach' jetzt reinen Tisch. Seit Kays Tod hab' ich mich total verrannt. Auf Ihren Rat war ich noch am Freitag bei Dr. Lichter. Der meint, ich hätte durch Kays Selbstmord ein Trauma abbekommen. Daraus sei ein Hass auf Frauen entstanden. Kays Freundin Maya hatte ja, ich glaub' sogar wegen seiner Krankheit, die Beziehung zu meinem Bruder abgebrochen. Das war echt scheiße. Kay hätte sie so gebraucht. Irgendwann muss der durchgedreht sein. Er sagte, Maya würde jeden Tag mit ihm sprechen, obwohl die doch Sendepause hatten. Auf einmal bekam ich 'nen Mordsbrass auf das Girl, wenig später auch auf meine

Freundin, die mich genauso abserviert hatte. Jetzt glaub' ich, die Moni hat mich einfach nicht mehr ertragen, weil ich so mit meinem Bruder beschäftigt war, nur noch dies eine Thema kannte. Aus Frust ging ich ein paarmal ins Bordell. Bei Mimi bin ich dann ausgeflippt, das kam so plötzlich über mich, ich versteh's selbst nicht. Zuvor konnte ich keiner Fliege was zu leide tun. Ich geh' mir selbst auf den Sack!"

„Ich denke, Sie sind bei Dr. Lichter in besten Händen."

„Ja, ja, zu dem geh' ich weiterhin in die Ambulanz, der ist cool, tut mir gut, das merk' ich."

„Denken Sie, dass dieser Horst – wie ist sein Nachname noch? – Ihre Aussage zu den Vorgängen am Tatabend bezeugt?" Der Kommissar kam zum zentralen Punkt.

„Klar, der erinnert sich noch an unser Gespräch; den Familiennamen kenn' ich übrigens nicht. Ich hab' ihm beim Kaffee von meiner Freistellung vom Möbelhaus XXXL erzählt, unverschämt, mir nichts dir nichts mit allen Kollegen nicht mehr zur Arbeit gelassen. 99 Menschen sind das, nicht Luftballons! Das ist doch die Vorstufe zur Kündigung. Ich krieg' jetzt noch 'ne Stinkwut, wenn ich bloß dran denke. Auch die Presse war entrüstet, ‚die mit dem roten Stuhl' wurden zu ‚die mit dem rauen Stil'. Jetzt hab' ich mich verfranzt, tut mir leid. Der Horst kann alles bestätigen, die Uhrzeit, das Gesprächsthema, da bin ich mir sicher. Er war es ja, der uns mit Nenas 99 Luftballons verglich, sagte noch, als ob Menschen so wertlos wie Luftballons sind, die man einfach loslässt, wenn man sie nicht mehr braucht. Horst ist ein netter Kerl, der will irgendwann, möglichst bald, eine Ausbildung machen. Er fotografiert gern, fährt auf Fotofachverkäufer ab ... Ich werd' mich bei Mimi entschuldigen, mein Ausflippen tut mir echt leid", brachte Ottmar das Gespräch auf den für ihn wichtigsten Punkt.

„Das ist bitter nötig, tun Sie das!"

Kommissar Kautz war sowas von erleichtert. Was Ottmar sagte, schien ihm glaubhaft, zudem war der seiner Meinung nach auf einem gutem Weg. Jetzt war er fast ein wenig stolz auf sich, er hatte ja nicht unwesentlich dazu beigetragen. Bei dem armen Kerl war viel Schlimmes zusammen gekommen, das erstmal verarbeitet werden musste. Vom Verdacht der Mittäterschaft im Falle Bosch schien er befreit – natürlich würde er sofort Marie Liebig beauftragen, sein Alibi zu überprüfen –, wenngleich er Sunny zur Hand gegangen war, so wie es jetzt aussah aber ahnungslos, was der auf dem Kerbholz und an jenem Abend vorhatte. Der Fall Mimi lag dagegen anders, da würde er bestimmt verurteilt werden, wenn er Glück hatte auf Bewährung. Jetzt aber müsste sich Ottmar Müller erstmal um sein Seelenleben kümmern, das hatte absoluten Vorrang.

Am Nachmittag erreichte Marie Liebig den Horst im *Tollen Haus*, der Ottmar Müllers Aussage rundum bestätigte. Damit galten die Ermittlungen im Fall Bosch für den Kommissar als abgeschlossen. Die Klärung der Frage, ob Sunny den Geschäftsführer umbringen wollte, oder sein Sturz ein tragischer Unfall war, konnte er getrost dem Gericht überlassen. In der Sache hatte er nur noch einen Gang vor sich, der zum Glück kein Canossa-Gang war. Er würde dem Hitzkopf von Staatsanwalt die Botschaft bringen, dass Sunny als Alleinverdächtiger im Fall Bosch übrig geblieben war, er also vor der Presse keine umständliche, im Grund leicht durchschaubare Ausrede erfinden müsste. Das sollte er gleich angehen. Sein Telefonat ergab, dass ihn der Staatsanwalt sehnlichst erwartete.

„Na, das ging aber flott, ich hoffe, Sie bringen gute Nachricht!" Herr Messer hatte sich, wie es schien, von seinem Wutanfall erholt. Der Kommissar dachte nicht daran, ihn gleich zufriedenzustellen. Außerdem sollte der sich zur juristischen auch mit der menschlichen Seite des Dramas auseinandersetzen, das waren zwei Seiten derselben Münze. In aller Breite widmete er sich Ottmar Müllers Schicksalsschlägen, seinem Trauma, das ihn fast ins Verderben gestürzt hätte. Der Staatsanwalt wurde immer unruhiger. Als der Kommissar dann auch noch auf Ottmars Therapie bei Dr. Lichter einzugehen schien, riss Herrn Messer der Geduldsfaden.

„Kommen Sie endlich zum Kern, Herr Kautz, Sie machen mich nervös!"

Der Kommissar grinste sich eins und kam Messers Wunsch gemäß zum Schluss, zu dem er eh gleich gekommen wäre. „Ottmar Müller hat sich am Tod von Helmut Bosch als unschuldig erwiesen, obwohl er auf unselige Weise in den Fall verstrickt ist“, begann er sein Fazit, das mit einem Seufzer endete: „Ich bin froh, dass Herr Müller seine marginale Beteiligung freiwillig gestanden hat ... Ich selbst bin darin bestärkt, dass man hin und wieder unübliche Wege gehen sollte. Meiner Intuition kann ich bei wichtigen Dingen einfach vertrauen, die brauche ich auch für meine Arbeit.“ Dass die ihn auch und gerade im vorliegenden Fall aufs Glatteis geführt hatte, verschwieg er tunlichst.

Der Staatsanwalt holte tief Luft: „Das dürfen Sie, lieber Kautz, Sie dürfen das.“ Er strahlte, auch weil er sich mit dem Satz einem Redner der Antike ebenbürtig fand – nur der Gebildete wusste, dass es sich hierbei um eine Über-Kreuzstellung im Satzbau handelte, Chiasmus genannt. Dann führte er sein Rhetoriktalent zum absoluten Höhepunkt: „Ich wusste es, dass Sie mein schlauster Vogel in der Voliere sind, hervorragende Arbeit, werter Kautz! Dabei möchte ich hervorheben, dass Sie es vermögen, bei Ihren Ermittlungen Kriminalistik mit Humanität in vollendeten Einklang zu bringen. Genauso werde ich das zu Ihrer Belobigung beim Polizeipräsidenten vortragen. Auch dürfen die psychisch Kranken und ihre Familien auf keinen Fall durch so einen Rotlicht-Verbrecher in schlechtes Licht geraten, wo doch hier in Mannheim ein Leuchtturm der Psychiatrie steht, das Zentralinstitut für seelische Krankheit, äh, ich meine natürlich Gesundheit, mit internationalem Ruf.“ Es hätte nicht viel gefehlt und der Messer hätte sich überschlagen.

Dem verbal Dekorierten war diese Lobhudelei – so hieß das schlicht auf schwäbisch – peinlich. Beim Versuch, sie zu verdrängen, fiel ihm plötzlich eine lustige Geschichte ein, die sein Vater einmal erzählt hatte. Der war vor Jahren mit seinem Freund, Vorsitzender des Dackel-Clubs sowie passionierter Jäger, und dessen Spezi, einem Staatsanwalt, auf dem Weg zur Pirsch im Wald um Schloss Solitude bei Stuttgart. Am dortigen Parkplatz angekommen, war zum Leidwesen der Jäger alles belegt. Allein an einer Stelle hätte man noch parken können, doch da stand ein Verbotsschild. Der Staatsanwalt sah sich um, robbte an der Stange empor und machte sich sofort ans Werk. Das lästige Verkehrszeichen war fast abmontiert, als ein Polizist aus dem Wald trat und ihn höflich fragte, was er denn da oben mache. „Mein Messer wetzen“, gab der Staatsanwalt schlagfertig zur Antwort.

„Dann kommen Sie doch bitte mal runter“, meinte der Polizist grinsend „und zeigen mir Ihre Papiere.“

Als der seinen Beruf feststellte, brach er in schallendes Gelächter aus: „Das nächste Mal, Herr Staatsanwalt, nehmen Sie halt ein Messer mit, so scharf wie Ihr Verstand, den Sie vor Gericht gegen Verbrecher wetzen! Betrachten Sie sich als mündlich verwarnt.“

Der Kommissar war von der Story wieder so amüsiert, dass er unwillkürlich hell auflachte.

„Na, na ,na, Herr Kommissar, was gibt's denn da zu lachen. Sie sind manchmal, mit Verlaub, ein komischer Kauz, nichts für ungut. Das schmälert Ihre Leistung keinesfalls. Kommen Sie, ich lade Sie zu einem Glas Wein ein, das *Gasthaus am Fluss* hat feine Tröpfchen auf der Karte.“

„Das trifft sich gut, ich wollte sowieso Schluss machen, hatte ja am Wochenende noch zwei Einsätze, im Dienst trinke ich grundsätzlich nie. Und was das Gasthaus angeht, kann ich Ihnen nur zustimmen, der feinherbe Merlot dort ist ein Gedicht."

Diesmal forderte Ottmar Müller das Glück heraus. Er hatte Ernst gemacht und Mimi einen Brief geschrieben, worin er sie inständig um Verzeihung bat für seine, wie er zerknirscht fand, im Grunde unverzeihliche Tat. Wenn er irgendetwas tun könnte, um sie für sein Ausrasten ein klein wenig zu entschädigen, sollte sie ihm dies bitte mitteilen. Lieber hätte er Mimi persönlich gesprochen, aber im *Geisha-Glück* durfte er sich nicht mehr blicken lassen, eine zweite Abreibung, diesmal von Handsup, wäre ihm sicher gewesen. Natürlich schwang bei seinem Text die Hoffnung mit, dass er auch das Gericht milder stimmen könnte, doch primär ging es ihm darum, sich Mimi gegenüber als schuldig zu bekennen und Reue zu zeigen, ohne wenn und aber.

Umso erfreuter war er, als zwei Wochen später ihre Antwort im Briefkasten lag.

Hallo Ottmar, alias Kay,

wenigstens hast Du Dich aufgerafft zu schreiben, wenngleich eine persönliche Entschuldigung mutiger gewesen wäre. Ich finde es gut, dass Du die traurige Sache mit Deinem Bruder nicht ins Feld geführt hast, um die ich ja aus unseren Kontakten wusste.
Ich hab lang hin und her überlegt und bin zum Schluss gekommen, dass ich meine Anzeige zurückziehen will. Was Du mir schuldest ist, dass Du etwas für Dich tust. Solche Gewaltausbrüche müssen künftig unterbleiben.

Mach das bitte, das ist für mich Entschädigung genug. Lass es jetzt gut sein und schreib nicht mehr.

Leb wohl
Mimi

Seltsam, obschon Mimis Antwort Ottmar Müller unglaublich erleichterte, stimmte sie ihn zugleich melancholisch. Irgendwie hatte er sie gemocht, wenn er mit sich ehrlich war, von Treffen zu Treffen mehr. War er vielleicht gerade deshalb ausfällig geworden? Er wußte ja, dass sie ihm nicht gehören würde, wo der nächste Freier schon vor der Türe stand. Dieser Spur müsste er bei Dr. Lichter unbedingt folgen.

Auch Jaqueline Bosch-Hallig war intensiv mit sich zu Gange. Der Verlust ihres Mannes, den sie trotz seines Fehltritts liebte, ging ihr sehr nahe. Plötzlich und unwiderruflich aus der Beziehung gerissen, fiel sie in ein Loch, das es ihr unmöglich machte, ihre Beratungsarbeit fortzusetzen. Sie brauchte selbst seelische Hilfe. Dr. Lichter, den sie sich dafür gut hätte vorstellen können, nahm nur psychiatrische Patienten, empfahl ihr aber eine niedergelassene Therapeutin. Die Kollegin bot ihr kurzfristig einen Termin für das Erstgespräch an. Wenn sie zu der Vertrauen fasste, könnte sie vielleicht auch den Schatten ihrer Vergangenheit endlich aufarbeiten.

Gerd Helfinger hatte einen anderen, unüblichen Weg gewählt, mit seinem Berufstrauma fertig zu werden – wenn man damit überhaupt je fertig wurde; aber mit ihm Frieden zu schließen, war ja auch schon ein Erfolg –, indem er seine Geschichte aufschrieb und sich dadurch zwang, ihr noch einmal ins Auge zu sehen. Als Titel wählte er: *Wie zerronnen, so gewonnen.* Statt seine Kränkungen zu verdrängen, wollte er nun der Chance in der Krise, die ihn immer wieder eingeholt hatte, gebührenden Raum geben.

Von Kurt bekam er ab und an Post aus Nepal. Der Freund war in Kathmandu geblieben und hatte sich dem Hilfsverein *stART* angeschlossen, der sich um traumatisierte Kinder und Jugendliche im Kathmandutal kümmerte wie auch im Distrikt Sindhupalchow, östlich der Hauptstadt. Obwohl er eigentlich mit den Händen anpacken wollte, war er mit seiner Zusatz-Ausbildung in Krisenintervention für psychische Hilfe geradezu prädestiniert. So ging er an Schulen und wirkte bei Workshops zur Verarbeitung von Traumata mit, einmal für Schüler, ein andermal für Lehrer. Diese Arbeit strengte seelisch sehr an, machte ihn aber tief drinnen richtig glücklich. Zudem half sie ihm nebenbei, das eigene Trauma gelassener zu sehen. Gerd freute sich für ihn.

Kommissar Kautz wurde zum Polizeipräsidenten geladen und von ihm höchstpersönlich für besonders sensible und erfolgreiche Polizeiarbeit im Falle Bosch ausgezeichnet; Staatsanwalt Messer hatte Wort gehalten. Die Belobigung war ihm auch ein Stück weit peinlich, hatte er sich doch bei der Ermittlungsarbeit einige Schnitzer erlaubt. Sein Kontakt zu Dr. Lichter vertiefte sich nicht nur kulinarisch. Nach dem Ende der Ermittlungen sah er die schöne Jaqueline – leider, wie er sich mit einem Seufzer eingestand – in der Folgezeit nicht wieder.

Dem *Tollen Haus* aber blieb Frau Bosch-Hallig über die in Aussicht gestellte Spende verbunden. Zu ihrer Überraschung hielt sie schon nach wenigen Wochen einen faszinierenden Projektantrag in Händen: Aufbau eines öffentlichen Kaffees im Haus mit integriertem Shop für pfiffige Produkte aus Werkstätten und Firmen behinderter Menschen, Alltags-Design, zum Beispiel gestyltes Besteck und Geschirr sowie Feinschmecker-Artikel, selbst gerösteter Kaffee vom Behinderten-Projekt *Samocca* in Aalen, Wein aus der Kellerei der Lebenshilfe Bad Dürkheim und so weiter. Das Projekt war vom Vereinsvorstand abgezeichnet und stammte aus der Feder von – sie glaubte es kaum – Kurt Leidner.

Der junge Mann hatte die Gunst der Stunde genutzt und in kurzer Zeit einen Entwurf in Nepal angefertigt. Sie fand den hervorragend, er passte rundum. Das Konzept sollte das *Tolle Haus* nach außen öffnen und zugleich sinnvolle Arbeits- wie Trainingsplätze für psychisch erkrankte Menschen bereitstellen. Zudem hatte es ja der Chef selbst entwickelt und damit die Initiative zur Profilierung des Hauses ergriffen, die dem von ihrem verstorbenen Mann verwehrt worden war. Die 70 000 Euro würden auf jeden Fall fließen. Ihren Wunsch, das Projekt *Kaffee Bosch* zu nennen, gedachte der Vorstand gerne zu erfüllen.

Sunnys Prozess ließ nicht lange auf sich warten. Am Tag der Urteilsverkündigung war der Himmel wolkenverhangen: Das Gericht befand ihn nach Beweislage inklusive Beurteilung seiner Glaubwürdigkeit, die gegen Null ging – sein Geständnis hatte er nochmals revidiert und auf Notwehr mit Todesfolge plädiert –, des Totschlags nach § 212 StGB für schuldig. Dazu kamen Erpressung von Helmut Bosch gemäß § 253 und sexuelle Nötigung von Jaqueline Bosch-Hallig im Sinne des § 240 StGB. Der skrupellose Zuhälter wanderte für neun Jahre und sechs Monate hinter Gitter und alle Betroffenen atmeten auf.

Etwas Gutes hatte der Fall ja. Mimi bändelte mit dem Polizisten Peter Maier an, der sie bekniete, aus dem Rotlicht-Milieu auszusteigen und ihr die passende Beratungsstelle *Amalie* in der Neckarstadt-West ans Herz legte. Auch Max Schröder, zur Reha im *Tollen Haus*, kam das Drama Bosch zupass, genau genommen seine Rede als Sprecher des Hausbeirats. Ein Journalist des *Mannheimer Morgen*, bei der Trauerfeier für den Geschäftsführer vor Ort, war auf ihn aufmerksam geworden und hatte ihm spontan ein Praktikum in der Lokalredaktion angeboten. Hin und hergerissen, akzeptierte Max schließlich. So könnte er seinen Schwenk zum Lektor-Beruf nochmals überprüfen. Im Verlauf des Praktikums, das er ohne größere Wartezeit antreten durfte, erhielt er den Auftrag, einen Artikel über das neue Projekt des Träger-Vereins zu schreiben. Nach Gedankenaustausch mit ein paar Freunden vom Haus entstand der sinnige Titel: *Boschs Coffee-Shop – ein Café neben der Spur.*

Anna Berger fand das seelische Gleichgewicht in ihrer Lebenswelt nicht wieder, oder wollte es gar nicht finden, war ihre Manie doch so toll und die Rückkehr auf den Boden der Normalität viel zu trist. Sie brauchte den stationären Rahmen der Klinik, der neben medikamentöser Neueinstellung zu einem Gutteil aus Begrenzung und

Kontrolle bestand. Erneut im Lot, böte Psychotherapie eine Chance, wenn sie diese ergriffe.

Klaus Brenner war nach vier Wochen im Psychiatrischen Zentrum Wiesloch wieder im *Tollen Haus* zurück, erstaunlich gut in Form. Er hatte aus der Krise gelernt. Künftig wollte er besser auf Anzeichen einer Krankheits-Episode achten und gleich was dagegen tun, sie bestenfalls abwenden. Die Psychiatrie hielt heutzutage viel davon, Patienten fähig zu machen, mit ihrer Störung zurecht zu kommen. Klaus war sogar für eine Überraschung gut. Statt Beschäftigungstherapie wollte er mal was Neues probieren und in einer Vertragsfirma des *Tollen Hauses* arbeiten.

Das Team war von den Socken, das hätte es dem nie zugetraut und schon gar nicht zugemutet. „Echt cool, der Ghost vom Boss ist in den gefahren, ein Wink, dass sein Ding doch nicht so schlecht war", Jungspund Jan grinste sich einen. Ein paar Lacher schienen auf seiner Seite, doch es hörte sich etwas gequält an. Befreites Lachen klang anders. Vielleicht war das ja auch noch zu früh. Aber das dick und dicker gewordene Eis hatte einen Riss bekommen. Tauwetter kündigte sich an. Es lag in der Luft, feine Nasen konnten es sogar riechen.

Der Wahnsinn, der mit Herrn Boschs Regime im *Tollen Haus* Einzug gehalten und es kirre gemacht hatte, war auf dem Rückzug. Der andere, übliche Wahn, der von der Erkrankung seiner Bewohnerinnen und Bewohner rührte, würde natürlich bleiben und sich immer wieder ein Ventil suchen, wie das Team wusste. Doch dafür war es schließlich da.